D1144340

*Série Romance*

**ELIZABETH HUNTER**

# Passeport pour le paradis

*Les livres que votre cœur attend*

Titre original : *Pathway to Heaven* (322)
© 1984, Elizabeth Hunter
Originally published by Silhouette Books,
division of Harlequin Enterprises Ltd,
Toronto, Canada

*Traduction française de :* Edith Constant
© 1985, Éditions J'ai Lu
27, rue Cassette, 75006 Paris

## Chapitre premier

Sarah riait, ne prenant visiblement pas au sérieux les tentatives que faisait le gros homme pour l'embrasser. Elle savait qu'il plaisantait. Elle évita avec désinvolture l'étreinte des bras grassouillets de son compagnon et, comme elle s'apprêtait à lui faire gentiment la leçon, elle croisa le regard d'un inconnu par-dessus l'épaule de Richard, et se tut. L'homme ne riait pas, lui. Son visage exprimait au contraire une sorte de mépris.

— Allons, Richard, un peu de tenue! s'exclama-t-elle.

Et elle recula de quelques pas. L'expression de l'étranger ne s'en adoucit pas pour autant. Il n'est même pas anglais, pensa-t-elle en observant ses vêtements. Elle n'aurait su dire sur quels critères elle fondait cette certitude, mais c'était clair comme le jour. Venait-il d'Australie? d'Amérique? Il n'était pas hollandais, en tout cas. Ni même européen, elle l'aurait juré.

— Je peux vous aider? dit-elle.

— J'en doute.

Elle ne put s'empêcher de rougir et se crut obligée de justifier sa conduite.

— Richard et moi venons de nous découvrir un lien de parenté.

— Ah ! je vois... cousin, cousine...

Un Américain, décida-t-elle.

— N'était-ce pas évident ?

Et, le fixant de ses beaux yeux verts, elle ajouta avec une feinte naïveté :

— Vous êtes jaloux ?

L'inconnu haussa les épaules. Elle remarqua l'élégance de sa silhouette élancée, la nonchalance de son attitude.

— Pas du tout. Quand j'embrasse une femme, j'aime avoir toute son attention.

Sarah se mordit la lèvre inférieure, amusée malgré elle.

— Laissez-moi deviner... murmura-t-elle. Vous venez de Boston, Massachusetts, Etats-Unis, et vous êtes ici, à Boston, en Angleterre, à la recherche de vos ancêtres.

Pour la première fois, l'Américain se départit de son assurance un peu hautaine.

— Ce n'était pas...

— Quel nom cherchez-vous ?

— Bradstreet.

— Très facile, monsieur Bradstreet. Simon Bradstreet, gendre de Thomas Dudley auquel il succéda dans ses fonctions, fut administrateur puis gouverneur de l'Etat de Massachusetts de 1679 à 1686 puis de 1689 à 1692.

— Je suis au courant, mademoiselle...

— Gilbert. Sarah Gilbert.

— Un nom d'ici ?

— Absolument ! Mais nous ne sommes jamais partis pour l'Amérique, nous. L'astronome de la seconde expédition de Cook était l'un de mes ancêtres. Et nos liens avec l'Australie sont bien plus étroits que ceux qui nous unissent à la ville américaine de Boston.

— Vraiment ?

Sarah était très chatouilleuse sur la question.

— Avez-vous jamais entendu parler de Banks, Bass, Franklin et Flinders ? questionna-t-elle.

— Je crois que oui.

— Ils sont tous originaires de la région. Dans notre église, une plaque a été gravée en leur honneur. On peut y lire : « A la mémoire de George Bass, illustre chirurgien de Boston, et de tous ceux qui, avec lui, ont pris part à l'exploration du continent australien. La ville reconnaissante. » Le nom de mon ancêtre, Joseph Gilbert, figure sur cette plaque.

— Est-ce cette illustre ascendance qui a déterminé votre vocation pour la généalogie ?

Elle ne répondit que par une moue dubitative et un regard plutôt froid. Richard revint brusquement à la vie.

— Mais nous buvions du champagne ! Asseyez-vous, monsieur l'Américain. Aidez-nous à finir cette bouteille !

— Il s'appelle M. Bradstreet, précisa-t-elle.

L'intéressé prit place sur l'une des chaises en chêne du bureau de Sarah. Celle-ci l'observait en douce, frappée par la virilité qui émanait de toute sa personne. Rien à voir avec la brutalité ou la corpulence... C'était la première fois qu'un homme lui faisait cet effet-là. Une sorte de frisson, assez délicieux, la parcourut. Croisant son regard, elle constata qu'il la détaillait, lui aussi. Et elle en éprouva un nouveau plaisir.

— Bradstreet est le nom de ma mère, expliqua-t-il en s'adressant à Richard. C'est d'ailleurs sur sa demande que je suis venu ici...

— Ce n'est pas à moi qu'il faut raconter tout cela, l'interrompit Richard. Je ne fais que passer dans ce bureau, je ne suis pas du tout de la partie !

— En effet. Richard est venu chercher la preuve de ses droits sur un petit domaine mitoyen du sien... des droits qu'on lui conteste, intervint Sarah. Il est propriétaire terrien et souhaite s'agrandir, naturellement. Or, ce domaine est revendiqué par plusieurs membres d'une même famille. Nous venons de trouver qu'il était le dernier descendant mâle, ces terres lui reviennent entièrement.

— Les femmes ne comptent pas ?

— Seulement quand il n'y a pas d'homme. La loi est ainsi faite... Une sœur aînée n'a aucun droit face à un frère plus jeune.

L'Américain esquissa un sourire.

— Et cela ne vous choque pas ? fit-il, narquois.

Il a la beauté du diable, pensa Sarah.

— C'est la loi ! répliqua-t-elle en lui rendant son sourire. Les femmes ne peuvent compter que sur la lutte individuelle pour obtenir ce qu'elles souhaitent.

Il leva vers elle la coupe de champagne que Richard venait de lui offrir.

— Je salue donc Sarah Gilbert, une femme libre... Mon nom est James Foxe. Avec un e.

Elle se souvint qu'il y avait eu un John Foxe au seizième siècle, né à Boston, Angleterre. Elle avait oublié le détail de son histoire. Tout excitée par cette découverte, elle songea que cela promettait un arbre généalogique passionnant. Oui, elle en avait le pressentiment et son instinct la trompait rarement.

— Bienvenue à Boston, Lincolnshire! déclara-t-elle. Je pense que nous n'aurons pas trop de difficultés pour trouver qui vous êtes.

Il la regarda droit dans les yeux.

— Je sais qui je suis, dit-il, et depuis longtemps. Savoir qui étaient mes ancêtres ne m'intéresse pas. C'est ma mère que cela passionne. Elle a attrapé cette espèce de maladie l'année dernière et ne sera pas satisfaite tant que son arbre généalogique ne remontera pas jusqu'à Adam et Eve!

— Je crains fort d'être incapable d'aller aussi loin, affirma Sarah.

Richard la dévisagea avec une confiance touchante mêlée de tendresse amoureuse.

— Si quelqu'un peut le faire, c'est toi! assura-t-il. Tu as déjà accompli des miracles.

Sarah lui sourit avec indulgence. Oh! non... elle n'avait jamais fait de miracle. Elle s'était donné du mal, obstinée, voilà tout. Savoir de quel côté chercher les pistes, écouter toutes ces vieilles histoires dont les gens n'étaient pas avares... c'était ça, ces fameux « miracles ».

— Ne faut-il pas que tu partes, Richard? s'inquiéta-t-elle gentiment.

De toute évidence, son vieil ami agaçait l'Américain. Il était vrai que les campagnards de la vieille Angleterre avaient tendance à mépriser ceux dont les ancêtres avaient eu le courage de traverser les mers et d'aller vers une nouvelle vie. Sarah, elle, avait conscience de sa double origine. Elle était fière qu'une branche de sa

9

famille soit restée dans son pays d'origine et y vive encore depuis tant de siècles. Mais en même temps, elle ne pouvait s'empêcher d'admirer l'audace qui avait poussé l'autre branche familiale vers les contrées lointaines. Pour domestiquer les régions les plus sauvages, ils n'avaient eu que la force de leurs mains et leur amour des grands espaces et de la liberté.

Richard se leva.

— Je suppose que tu n'as plus de temps à me consacrer aujourd'hui, grommela-t-il.

— J'ai toujours du temps pour mes amis, assura-t-elle.

— J'en suis ?

— Je ne sais pas... répondit-elle avec une douceur provocante.

— Bien sûr que j'en suis ! s'écria Richard. Tu sais tout de moi ! Tandis que sur ce monsieur... ajouta-t-il en désignant le nouveau venu du regard, tu ne sais rien ! Ou presque.

Il fit un clin d'œil à Foxe pour lui faire savoir qu'il plaisantait, établissant ainsi une si aimable complicité entre eux que l'Américain ne pouvait vraiment plus manifester son impatience.

— Je le reconnais, Richard, dit Sarah. Et maintenant, au revoir !

Le gros homme se décida à partir sous l'œil amusé de James Foxe.

— J'espère, fit-il d'un ton ironique, quand la porte fut refermée, que vous serez aussi... amicale avec moi quand vous aurez réussi à dresser l'arbre généalogique de ma famille.

Sarah le regarda, perplexe. Que voulait-il dire ? On aurait pu croire qu'il était réellement

10

jaloux des marques d'amitié que lui avait prodiguées Richard.

— L'avenir le dira, répliqua-t-elle, suave.

— La patience n'est pas mon fort, dit-il en s'installant plus confortablement sur sa chaise.

Elle fit semblant de ne pas comprendre.

— Pour le travail que vous me confiez, il vous faudra pourtant en avoir. Etablir une généalogie demande du temps.

Assise en face de lui, elle l'observa prudemment. Il était vraiment beau. Une fossette creusait sa joue gauche quand il souriait, donnant alors un charme fou à son visage. Tout son être respirait une vitalité, une jeunesse qui forçaient l'attention et la sympathie. Son âge? La trentaine. Il avait des mains soignées, mais solides, rassurantes, et de beaux cheveux souples et indisciplinés. Sarah aimait l'odeur de son aftershave.

— Alors, ne perdons pas une minute! décida-t-il. Par où commençons-nous?

Elle revint sur terre. Oui... la généalogie... Repoussant d'une main ferme les papiers amoncelés sur son bureau, elle toussota pour s'éclaircir la gorge.

— Si votre mère s'intéresse à sa généalogie depuis un an, je suppose qu'elle ne s'est occupée que de la branche américaine? A-t-elle trouvé des traces de la date d'émigration de vos ascendants?

James Foxe fouilla dans sa poche et en tira une liasse de feuillets.

— Certains d'entre eux ont traversé l'Atlantique à bord de l'*Arbella*...

— La plupart des passagers de l'*Arbella*

étaient originaires de Boston. John Foxe... Non, il n'était pas à bord. Les dates ne coïncident pas. Je m'en souviens à présent : Foxe est mort en 1587, c'est-à-dire deux ans avant la naissance de John Cotton, le célèbre prédicateur. Les prêches de Cotton ont incité de nombreux habitants de Boston, en Angleterre, à aller fonder la nouvelle Boston, en Amérique. Tous ont embarqué sur l'*Arbella*.

— Selon ma mère, le fils aîné de Cotton, un certain Seaborn, a épousé Dorothy Bradstreet. Il était pasteur lui aussi, à Hampton, New Hampshire.

— C'est un début, déclara-t-elle d'un ton encourageant. On dirait que vous êtes parent avec de nombreuses célébrités... Cela nous rendra la tâche plus facile.

— Que savez-vous de John Foxe ?

— Il est né à Boston, je vous l'ai dit. On le connaît pour son ouvrage *Le Livre des martyrs*, dont il n'existe que deux exemplaires : l'un au Guild Hall, le musée de notre ville, et l'autre à la bibliothèque de l'église St. Botolph. Vous savez, celle qu'on voit à des lieues à la ronde, grâce à son très haut clocher.

— La vue doit être superbe de là-haut, fit-il, sans doute lassé de l'austérité de leur conversation.

— Certainement ! A condition de grimper trois cent soixante-cinq marches, une pour chaque jour de l'année.

— Je crois pouvoir y arriver. Et vous ?

— Mais comment... tout de suite ? s'affola-t-elle.

Il lui sourit et elle se dit, troublée, que ce James Foxe était terriblement séduisant.

— Après cette performance, je vous invite à déjeuner !

Sarah rassembla les papiers qu'il lui avait donnés et, souriant à son tour, se leva.

— Allons-y, dit-elle. La chapelle de Cotton est tout à côté. Je vous la montrerai. En ce moment, on la restaure... grâce aux capitaux américains ! Autant que vous vous rendiez compte de l'utilisation que fait la ville de vos précieux dollars !

Avec une aisance, une grâce inexistantes chez les hommes qu'elle fréquentait, James l'aida à mettre sa veste.

— Vous n'approuvez pas l'aide financière des Etats-Unis, mademoiselle Gilbert ?

— Pas vraiment. C'est nous qui vivons ici, pas vous. Il est bien de maintenir des contacts, mais nous devrions être capables d'entretenir nous-mêmes notre patrimoine historique. Au lieu de ça, nous quêtons servilement le tout-puissant dollar ! Vous, les Américains, vous êtes tellement naïfs dès qu'il s'agit de vous approprier une petite tranche d'histoire !

— Belle morale, commenta-t-il, moqueur. Je vois que tous les puritains n'ont pas quitté la vieille Angleterre.

— Mes ancêtres sont partis pour l'Australie, lui rappela-t-elle fièrement. Et autant que je sache, aucun d'entre eux n'était de confession puritaine.

— Alors, vous avez subi des influences extérieures.

— Sûrement pas ! Je suis seulement exaspérée

de voir mon pays mendier auprès des Etats-Unis. C'est aussi notre histoire, vous savez !

— Notre générosité ne trouve donc pas grâce à vos yeux ?

— Voudriez-vous de la reconnaissance ? s'exclama-t-elle avec insolence.

— Non, non. Mais je ne vous trouve pas très cohérente. Ainsi, les honoraires que je vais vous verser pour cet arbre généalogique seront de l'argent américain.

— Ce n'est pas la même chose. Tout travail doit être rétribué. Je suis qualifiée pour vous vendre un service. Cela ne s'appelle pas de la mendicité. Je critiquais seulement la servilité des habitants de Boston qui attendent les capitaux américains comme un dû.

— Je ne discute plus ! reprit James gentiment. Je n'ose pas imaginer la fureur de ma mère si je rentrais bredouille...

Sarah fut soulagée d'entendre ce ton léger.

— Je n'ai jamais déçu aucun client, précisa-t-elle.

— Homme ou femme ?

— Je ne fais pas de différence.

— Vous les embrassez tous d'aussi bon cœur ?

— Oh ! Vous revenez encore là-dessus ! Richard s'enflamme pour un rien. Nos effusions sont sans importance.

— Pour lui, elles en ont.

Bien sûr, Sarah s'était déjà inquiétée de l'attachement de Richard, mais qu'y pouvait-elle ?

— C'est difficile, avoua-t-elle, un peu honteuse.

— Petite sans cœur... Quand je vous aurai embrassée, vous ne me traiterez pas de cette façon.

Je sais, faillit-elle répondre en le précédant dehors. Elle ferma la porte à clé.

— Nous n'avons aucune raison de nous embrasser, dit-elle enfin. Nous ne sommes pas parents...

Avec une familiarité aussi douce que surprenante, James mit la main sur sa nuque, délivrant ses très longs cheveux blonds pris sous le col de sa veste.

— Évidemment, murmura-t-il, tout nous sépare. Mais qui sait ?

Sarah en eut le souffle coupé. Ses relations avec l'Américain s'annonçaient délicates. Elle éprouvait une étrange tentation, un désir insensé : celui de se laisser aller contre cet homme, d'être emprisonnée entre ses bras. Avait-il un instant songé sérieusement à l'embrasser ? Rien de moins sûr, mais il lui avait mis cette idée dans la tête. Il ne ressemblait à aucun de ceux avec qui elle avait peu ou prou flirté. Confusément, elle se voyait au bord d'une pente glissante, d'un gouffre mystérieux — peut-être merveilleux — où, si elle n'y prenait garde, elle perdrait tout contrôle d'elle-même. Le souhaitait-elle ?

Elle voulut tourner la tête, mais la main de James, maintenant sur ses cheveux, l'en empêcha.

— Je vous en prie, lâchez-moi...

— Il suffit de le demander, assura-t-il en laissant flotter librement sa chevelure d'or.

L'ignorant royalement, retenant surtout une réplique cinglante, elle traversa le couloir, descendit les quelques marches qui menaient à la rue. Mais son indifférence était feinte. En réalité, elle sentait le regard de l'étranger sur elle et des questions très futiles la tourmentaient : sa jupe était-elle droite ? Avait-elle correctement replacé le col de sa veste ? Au lieu de le vérifier, elle garda les bras le long du corps. Son sac en bandoulière lui battait désagréablement la hanche gauche, mais pour rien au monde elle ne l'aurait réajusté sur son épaule. Elle craignait par-dessus tout que James ne s'aperçût de sa nervosité.

Ils allèrent jusqu'à l'église sans prononcer une seule parole. Pas une fois, Sarah ne se tourna vers son compagnon. L'un derrière l'autre, ils traversèrent la place du marché déserte et, laissant la voie piétonne sur la droite, s'engagèrent sur la route qui menait au musée.

Sarah, qui aurait eu tant de choses à dire sur les lieux, n'ouvrit pas la bouche, affreusement humiliée de devoir se taire pour n'offrir aucune prise à cet adversaire qui faisait battre son cœur trop vite. Dans sa famille, elle était pourtant réputée avoir toujours le dernier mot... Où était donc passée sa verve ? Et son esprit habituellement si vif et mordant ?

Contre toute attente, ils visitèrent l'église dans la plus parfaite sérénité. Sarah montra à James tout ce qu'elle jugeait digne d'intérêt. Il était évident que les monuments bâtis par ses ancêtres n'intéressaient pas du tout l'Américain, mais elle s'efforça de lui en parler quand même avec enthousiasme. Et, en arrivant devant la plaque portant les noms des explorateurs de l'Australie, elle fut brusquement saisie d'une réelle émotion.

— Mes ancêtres ! murmura-t-elle.

— J'avais compris, dit-il froidement. Vous et ma mère feriez une paire redoutable ! Les faits et gestes du plus obscur de ses ascendants la passionnent.

— Ça vous déplaît ? demanda-t-elle en lui faisant face.

— Ne craignez-vous jamais de découvrir parmi eux un ignoble criminel, de détecter soudain une terrible tare familiale ? s'enquit-il à son tour, avec ironie.

— Je n'y ai jamais pensé... Quelle drôle d'idée !

— Dans mon métier, on fréquente les franges les plus sombres de l'humanité. Je suis avocat.

Sarah s'aperçut soudain qu'elle ignorait jusqu'alors la profession de ce client pas comme les autres.

— Je vous propose d'aller voir la chapelle de Cotton avant de monter en haut du clocher, suggéra-t-elle.

Sur le seuil de la petite bâtisse, James se souvint de ce qu'elle avait dit du tout-puissant dollar.

— Voilà donc le petit joyau rénové grâce aux capitaux américains ? s'écria-t-il.

— Exactement.

Malheureusement, avec tous ces travaux, il était bien difficile d'apprécier pleinement la beauté de l'endroit.

— Avant d'être restaurée, expliqua Sarah, cette chapelle abritait une école religieuse et, dans la première moitié du dix-neuvième siècle, une caserne de pompiers !

— Vous n'êtes pas sérieuse ?

Elle ne put s'empêcher de rire.

— Si, tout à fait !

James la contemplait. Tout à coup, il avança la main et, d'un doigt, lui caressa le bout du nez. Leurs yeux brillaient d'une complicité amusée et tendre. Sarah n'aurait pu expliquer la nature exacte de son sentiment mais, à cet instant, elle sut qu'ils n'étaient plus étrangers l'un à l'autre. Avec un peu de chance, se dit-elle, nous pourrions devenir amis.

— Vous êtes toujours prêt à monter en haut du clocher ?

Il acquiesça, et bientôt ils grimpaient les trois cent soixante-cinq marches. Une ascension que Sarah avait souvent faite, autrefois. Le vent s'engouffrait par les étroites fenêtres gothiques percées dans l'épaisseur du mur de pierre. A chaque palier, le plancher de bois grinçait dangereusement sous les pas des visiteurs. Mais il tenait depuis quatre siècles et les habitants de Boston étaient convaincus qu'il était indestructible.

Là-haut, on avait une superbe vue de la ville. Sarah désigna à son compagnon les docks qui longeaient le port au sud, puis la côte échancrée qui disparaissait au loin, à l'est. Au nord, la grande écluse, le château de Tattershall et — par très beau temps, on voyait jusqu'à plus de cinquante kilomètres à la ronde — la cathédrale de Lincoln, capitale du comté.

En redescendant, James prit la main de son guide.

— Où allons-nous déjeuner ? Je meurs de faim !

## Chapitre deux

Comme elle se dirigeait vers la salle paroissiale, Sarah entendit un bruit de pas derrière elle. Elle se retourna, reconnut James Foxe et faillit en lâcher sa guitare.

— Je vous croyais à Londres ? lui dit-elle.

Apparemment ravi de l'avoir surprise, il lui prit la guitare des mains.

— J'ai décidé de rester un peu. Où allez-vous ?

Sarah était si bouleversée qu'elle n'en savait plus rien, tout à coup. Horrifiée à l'idée qu'elle allait se trahir, elle fit un effort presque surhumain pour se ressaisir.

— Nous nous retrouvons tous les mardis soirs avec quelques amis pour jouer de la musique et chanter. Nous ne sommes pas très bons, mais c'est notre passion...

— Vous permettez que je vous accompagne ?

Elle lui jeta un regard soupçonneux.

— Vous n'allez pas vous amuser. Nous aimons particulièrement massacrer les chants populaires américains et...

— Je ne voudrais manquer cela pour rien au monde ! l'interrompit-il sans la moindre ironie.

Tremblante d'émotion, elle se demanda ce qu'on allait penser en la voyant arriver avec ce trop élégant avocat de Boston, Massachusetts. En tout cas, lui serait bien accueilli. James Foxe était plus que présentable, il était éblouissant et elle défiait quiconque de prétendre le contraire.

— Cela vous coûtera une chanson, le prévint-elle.

— Je suis même prêt à vous en écrire une !

Surprise une fois de plus, elle le dévisagea, espérant deviner quels sentiments cachait ce beau visage. En vain.

— Vous avez aussi des talents de compositeur ? demanda-t-elle, sceptique.

— Vous verrez bien !

En ouvrant la porte de la salle, quelques minutes plus tard, elle pensa soudain à Paul. Comment réagirait-il face à James ? Si Paul et elle n'étaient pas à proprement parler amoureux l'un de l'autre, ils passaient la majeure partie de leurs loisirs ensemble. Au début, Sarah avait cru que leur relation évoluerait vers une réelle intimité. Aujourd'hui, elle ne le souhaitait plus. Les quelques baisers qu'ils échangeaient leur faisaient plaisir, mais jamais aucun feu ne s'était allumé en eux, jamais ils n'avaient eu envie de pousser plus avant leurs caresses.

Paul ne manquait certes pas de charme mais il arrivait que son attitude déplaise à Sarah. Il se montrait possessif et jaloux dès qu'il la voyait avec un autre homme.

Elle tendit la main pour reprendre sa guitare.

— Bonjour, tout le monde ! Je vous présente James Foxe, de Boston, Etats-Unis. Il vient nous écouter chanter...

Les jeunes gens firent immédiatement cercle autour de James, avec des rires, des plaisanteries et des questions que Sarah jugea fort indiscrètes : quel âge avait-il ? Comment s'appelait sa petite amie — ou sa femme ? James leur répondit de bonne grâce et elle se surprit à tendre l'oreille. Il avait trente-deux ans, s'était fiancé deux fois et jamais marié.

— Je ne considère pas le mariage comme une fin ni comme un pis-aller, déclara-t-il franchement. J'épouserai la femme sans laquelle je me sentirai incapable de vivre.

Paul tourna ostensiblement le dos à l'assemblée.

— Un homme heureux ! commenta-t-il avec une amertume qui étonna Sarah. Chacun de nous sait que la vie n'est qu'une suite de compromis. Et ce monsieur s'imagine qu'il va trouver l'âme sœur, la compagne idéale ? Pour qui se prend-il ?

— Il doit avoir raison, répondit Sarah, songeuse.

Paul posa une main agressive sur son épaule.

— Tu n'aurais pas dû l'amener. C'est le genre de type qui s'accroche. Tu ne pourras plus t'en débarrasser !

— Je l'aime bien, dit-elle.

— Tu te conduis toujours n'importe comment avec les hommes ! fit-il d'un ton accusateur. Heureusement que je suis là pour veiller sur toi.

Lui prenant soudain l'autre épaule, il l'attira contre lui et plaqua sa bouche sur la sienne. Naturellement, il fit cela à l'instant même où James Foxe les observait. Comment, devant tous ces témoins, aurait-elle pu ne pas répondre à son baiser ? Elle et Paul n'étaient-ils pas considérés comme un couple par leurs amis ? Que n'aurait-on dit si elle l'avait repoussé... Qu'elle faisait l'intéressante et tentait de se démarquer à cause de la présence de l'Américain. Sûrement... De là à conclure qu'elle souhaitait terminer la soirée seule avec ce M. Foxe, il n'y aurait qu'un pas que tout le monde franchirait sans hésiter.

Paul finit par la lâcher, non sans lui décocher une légère tape sur la hanche qui l'humilia bien plus que son baiser.

— Que vas-tu nous chanter? demanda-t-il d'une voix forte.

— Je n'ai rien de très nouveau.

Elle sortit la guitare de sa housse et commença à pincer les cordes. Puis, décochant à James un sourire gentiment moqueur, elle attaqua gaiement le refrain de *Yankee Doodle,* la plus célèbre chanson du folklore américain. James grimaça ostensiblement.

— Puisque vous donnez dans la musique populaire, pourquoi ne pas danser? s'écria-t-il.

Il affectait de la supplier, comme si ses délicates oreilles patriotiques ne pouvaient endurer une fausse note de plus.

— Comme vous voudrez, répondit-elle sans conviction.

Il lui prit alors la guitare des mains et se mit à taper du pied pour donner le rythme. Sarah s'attendait à tout mais certainement pas à la virtuosité avec laquelle il exécuta un morceau endiablé.

Bientôt, ayant formé un large cercle, ils dansaient un quadrille très peu orthodoxe. Radieuse, Sarah volait de cavalier en cavalier, sans se soucier du regard plein de rancune que Paul posait sur elle. Il était vrai qu'en matière de

22

danse, il était aussi agile qu'un ours des montagnes... Elle fit pourtant quelques pas avec lui mais, le voyant au supplice, le laissa là. Un peu plus tard, elle se souvint de sa présence et eut pitié de lui. Abandonnant à regret le cercle des danseurs, elle vint s'asseoir à ses côtés. Si Paul assistait à ces rencontres du mardi, c'était uniquement à cause d'elle. Le chant ne l'intéressait pas.

— Je t'assure que tu t'amuserais si tu te laissais un peu aller, fit-elle avec gentillesse.

— Comme toi ? répliqua-t-il amèrement. Tu te fiches du partenaire qui te tient dans ses bras et te marche sur les pieds !

— Ils ne sont pas tous maladroits !

Elle s'efforçait de paraître joyeuse mais une insidieuse tristesse la tenaillait. Elle tenait réellement à l'amitié de Paul.

— Ça te plaît vraiment que tous ces garçons te fassent la cour, te murmurent que tu es belle ? reprit-il.

— Oh ! Paul... C'est ce que tu penses ? plaisanta-t-elle. Tu me trouves belle ?

— Et ton Américain ? Que pense-t-il de ta beauté ? C'est à lui que tu devrais le demander !

Cette fois, il allait trop loin.

— Il est notre invité, Paul !

— Pas le mien, en tout cas ! Je ne lui ai pas demandé de venir.

— Là n'est pas la question. Je travaille pour lui. Ses ancêtres sont d'ici.

— Ecoute, Sarah, s'il n'est pour toi rien de plus... tu veux bien rentrer avec moi tout de suite ? Viens. Allons écouter de la musique chez moi. De la vraie. Pas cette affreuse cacophonie.

Ça ressemblait à un ultimatum. Et cela ne plut pas à Sarah. Elle savait que Paul n'appréciait que la musique classique, mais elle n'aimait pas se l'entendre rappeler de façon aussi méprisante.

— Je suis très bien ici, affirma-t-elle.

— Eh bien, pas moi ! Mais je vois que tu t'en fiches.

Depuis des années que durait leur fréquentation, ils ne s'étaient jamais disputés. Elle lui lança un regard furieux.

— Tu pourrais faire un effort au lieu d'essayer de me gâcher le plaisir.

Excédé, Paul pointa vers elle un index menaçant.

— C'est tout ce que tu attends de moi, n'est-ce pas ?

Plus sourdement, il ajouta :

— Si tu ne m'accompagnes pas, je pars tout seul. Je t'avertis !

— Eh bien, pars !

Elle lui tourna le dos. Il serait toujours temps, demain, de se réconcilier avec lui. Pour le moment, elle était prête à tout pour rester et danser. Combien de fois, sortant avec Paul, s'était-elle pliée à ses caprices ? Ce soir, elle tiendrait bon.

Décidée à oublier cette querelle, elle se mêla de nouveau aux danseurs. Mais elle eut bientôt des remords et se reprocha son égoïsme.

Abandonnant aussitôt son cavalier, elle chercha Paul des yeux. Peut-être n'était-il pas encore parti... Il fallait qu'elle s'excuse, qu'elle rentre avec lui. Ne le trouvant pas, elle s'assombrit. Pas longtemps, cependant. Très vite, elle en éprouva une sorte de soulagement un peu lâche, et repartit dans la danse.

L'un des participants de cette petite fête spontanée remplaça James dans ses fonctions de maître de cérémonie. Assis au piano, il se mit à jouer un slow et, en moins de temps qu'il n'en faut pour l'écrire, Sarah se retrouva dans les bras de James.

— Vous me faites penser à un papillon, lui dit-il. Vous voletez gracieusement d'homme en homme, indifférente à tous ces regards fixés sur vous... Aucun cavalier ne peut vous retenir ! Pourquoi êtes-vous si insaisissable ?

— Je n'ai pas du tout l'impression d'être un papillon insaisissable !

— Votre petit ami n'a pourtant pas supporté que vous lui accordiez si peu d'attention. C'est pour ça qu'il s'est éclipsé, n'est-ce pas ?

— Il n'aime pas votre musique.

James la serra plus étroitement contre lui.

— Pourquoi ne l'avez-vous pas suivi ?

— Il voulait que nous allions écouter de la musique de chambre. J'aime Mozart mais ce soir, j'ai envie de danser !

Imperceptiblement, elle s'était éloignée de lui, trop troublée par le contact de son corps. Il l'attira à nouveau.

— Dînons ensemble demain soir, fit-il à brûle-pourpoint.

— Impossible. J'ai rendez-vous avec Paul.

— Alors, jeudi ?

Elle secoua la tête.

— Vendredi ?

— Je vais passer le week-end chez ma mère.

Evidemment, vous pourriez m'accompagner et visiter un peu le pays mais...

— Aucun problème, l'interrompit James avec un petit sourire de victoire. J'apporterai mon sac de couchage pour ne pas trop déranger. Votre mère est-elle aussi charmante que vous ?

Un peu ahurie par son audace, se demandant avec anxiété si elle n'avait été manipulée, Sarah ne sut que répondre. Sa mère était plutôt rigide, très respectueuse des traditions. Si elle aimait recevoir des invités, elle se montrait assez méfiante à l'égard des garçons que lui présentait sa fille. A croire qu'elle attendait l'apparition du gendre idéal ! Comment allait-elle interpréter la venue de cet Américain ? Sarah se promit de lui téléphoner le soir même pour lui rappeler qu'on ne pouvait qu'être aimable envers un étranger seul en Angleterre. Elle lui préciserait bien que ce week-end amical ne dissimulait aucune histoire amoureuse. Cet avertissement mettrait peut-être un frein aux questions de sa chère maman... ?

— Vous n'avez pas l'air dans votre assiette, fit remarquer James. Je vous raccompagne chez vous ?

— Inutile, je n'habite pas loin.

— Je préfère tout de même vous dire bonsoir devant votre porte. Je serai plus rassuré.

Une fois de plus, elle s'étonna de cette galanterie qui lui paraissait typiquement américaine. Après tout, elle n'était pas obligée de le convier à monter chez elle. Et, s'il insistait, elle prétexterait l'urgence d'appeler sa mère.

Dehors, la nuit était douce. La nouvelle lune

brillait au-dessus du clocher de l'église St. Botolph. Sarah s'inclina solennellement.

— Le mois dernier, expliqua-t-elle, j'ai oublié de saluer la nouvelle lune. On prétend que cette marque de respect conjure le mauvais sort et porte chance. Je préfère prendre mes précautions !

— Vous êtes superstitieuse ? s'étonna James.

— Eh bien... d'une certaine façon, oui, je le suis. J'aime observer ce vieux rituel. Il faut bien croire à la chance pour qu'elle arrive, non ?

Puis, souriant, elle ajouta avec modestie :

— Je n'espère pas convaincre un avocat, certainement brillant, du bien-fondé des superstitions. Ne prenez pas cet air consterné !

— Je voudrais seulement comprendre ! avoua-t-il.

— Il faut bien que quelqu'un conserve les traditions pour qu'elles ne disparaissent pas. Le règne de la machine et de l'ordinateur les étouffe. On doit les défendre. Aujourd'hui, plus personne ne croit qu'il existe une vie sur la lune. Vous ne trouvez pas que c'est dommage ?

— Encore une raison pour vous d'en vouloir aux Américains.

— Non, dit-elle, secrètement amusée par le sérieux qu'il accordait à cette conversation.

Ils étaient arrivés devant la demeure où Sarah occupait un étage. James la suivit dans l'étroit passage entre deux autres vieilles maisons qui conduisait à la porte d'entrée. Puis, lui prenant d'autorité le trousseau de clés des mains, il ouvrit et alluma.

Comme il n'avait pas l'air décidé à partir, elle tendit la main pour reprendre ses clés.

— Je crains d'avoir un trou de mémoire, fit-elle d'un ton badin. Vous ai-je invité à boire un café ou autre chose ?

Posant le trousseau sur sa paume ouverte, il lui sourit doucement.

— Autre chose, répondit-il d'une voix grave qui la fit frémir.

— Je... Alors, j'ai changé d'avis. Excusez-moi, poursuivit-elle au comble de la confusion, mais je dois prévenir ma mère que nous avons un invité ce week-end.

— Oh ! vous pouvez passer un coup de fil. Je comprends très bien.

La lampe du hall éclairait son profil mais ses yeux demeuraient dans l'ombre, mystérieux.

— Ce... ce ne serait pas correct, balbutia-t-elle. Ma concierge est un véritable cerbère.

Au fond d'elle-même, elle ne souhaitait pas le voir partir. Et, soudain, son attachement pour cet homme qu'elle connaissait à peine lui parut anormal, irraisonné et même inquiétant.

— Bon, conclut-il. Je vous vois demain ?

Sidérée, elle le dévisagea longuement.

— Je n'aurai pas avancé dans mes recherches d'ici là.

— Alors, je vous aiderai, fit-il d'un ton sans appel. Où dois-je poser votre guitare ?

— N'importe où.

Il appuya l'instrument contre le mur avec précaution, avant de revenir vers elle, si près qu'il la frôlait. Sarah s'interdit de reculer. Ç'aurait été perdre une nouvelle bataille.

— Il ne me reste qu'à vous souhaiter une bonne nuit, dit-il. J'ai passé une excellente soirée.

28

— J'en suis heureuse, murmura-t-elle d'une voix étranglée.

Il allait l'embrasser, elle le savait. Et elle en frémissait toute.

— A demain, ajouta-t-il.

Et il disparut, sans une caresse, sans même un sourire. Au lieu de se sentir soulagée, Sarah en éprouva un incroyable dépit. Que lui arrivait-il ? Aurait-elle donc répondu à son étreinte ? Certainement pas ! Puis elle pensa à la bouche sensuelle de James Foxe, à son rire clair... Jamais Paul ne riait de cette façon-là. L'évocation de son ami l'attrista encore davantage. Elle appréhendait la soirée du lendemain.

Soudain très lasse, elle se dirigea vers le téléphone et composa le numéro de sa mère. Elle dut laisser sonner longtemps avant d'obtenir une réponse.

— J'allais raccrocher, dit-elle immédiatement. Je ne te réveille pas, au moins ?

— Pas exactement, répondit sa mère d'une voix curieusement changée, bien plus douce qu'à l'habitude, presque timide. David et moi avions d'autres... préoccupations.

Sarah ne put retenir un sourire. Elle imaginait mal son beau-père en amant plein d'ardeur, mais bien sûr sa mère le voyait différemment. Il fallait bien reconnaître qu'elle avait retrouvé auprès de lui une seconde jeunesse. Son remariage, après la mort soudaine de son premier époux, avait réjoui Sarah qui était heureuse que sa mère ne vive plus seule.

— Oh ! Alors, je serai brève... J'amène un invité, le week-end prochain. Un Américain. J'espère que ça ne te dérangera pas trop ?

— Mais c'est merveilleux, ma chérie !
Raconte-moi tout.

A nouveau, l'inquiétude envahit Sarah. Sa
mère n'avait jamais caché qu'elle n'estimait pas
beaucoup Paul. Il était évident qu'elle avait hâte
que sa fille lui présente un autre futur gendre.

— Il n'y a absolument rien à raconter. Je
travaille actuellement à établir son arbre généalogique.

— Je me doute que tu as eu des raisons
précises de le rencontrer. Mais, dis-moi... il est
beau ?

Sarah soupira, excédée.

— Je crois qu'il est ce qu'on appelle un
homme... séduisant. Ecoute, maman, j'ignore
tout de lui. D'ailleurs, je ne suis pas certaine de
le trouver sympathique.

— Que de réticences à me parler de lui ! Cela
me paraît un très bon signe. J'ai hâte de le
rencontrer !

— Maman, ne va pas imaginer tout un
roman... Je t'en supplie ! Je l'ai invité par... par
compassion. Parce qu'il est seul dans un pays
étranger. C'est tout.

La voix de sa mère se fit murmure de conspirateur :

— Ne t'inquiète pas. Je me montrerai très
discrète. David aussi. Dois-je prévenir Alan et
Simon de ton arrivée ?

— Ils sont mes amis et je suis toujours heureuse de les voir. Tu le sais.

— A ton aise, ma chérie. Mais permets-moi de
te donner mon avis : tu manques autant de tact
que ton pauvre père. Alan et Simon n'ont aucune
raison d'être jaloux, mais es-tu bien certaine que

30

ton Américain soit capable d'une aussi parfaite compréhension ?

— Je te le répète, maman, ma relation avec cet homme est purement professionnelle. Nous ne nous connaissons que depuis hier !

— Mais tu étais avec lui, ce soir ? Sinon, pourquoi serais-tu rentrée si tard ?

— Je l'ai emmené avec moi. Tu n'as pas oublié que tous les mardis, je chante...

— Et il a débarqué chez toi à l'improviste, avant ton départ ?

— Je l'ai rencontré en chemin.

— Oh ! Je vais finir par croire que tu ne te débrouilles pas si mal... Tant que tu sortais avec ce Paul, je...

— Maman ! James Foxe a trente-deux ans et il est en Angleterre pour deux semaines seulement, s'écria Sarah comme si c'était là des arguments irréfutables. Je fréquente Paul depuis des années et je l'apprécie beaucoup. Tu ne peux pas le comparer à James Foxe !

— Tu m'en vois ravie ! assura sa mère avec conviction.

Et elle raccrocha très vite, après avoir souhaité une bonne nuit à sa fille. Celle-ci fit une grimace à l'appareil, pourtant bien innocent. Pourquoi donc avait-elle invité James Foxe dans la maison familiale ? Le week-end promettait d'être horrible. Et elle n'y pouvait plus rien.

Désespérée, elle se prépara un chocolat chaud et fut immédiatement tentée de le jeter dans l'évier. Elle avait plutôt besoin d'un alcool fort. Mais Sarah avait de l'humour. Elle détestait croupir dans la mauvaise humeur. Elle finit par se moquer d'elle-même. Vraiment, elle était ridicule... Sa mère avait des idées fixes ? Quelle importance ! Il suffisait de mettre James en garde contre les obsessions saugrenues de celle qui allait l'accueillir. Elle se promit de le faire lorsqu'ils seraient sur la route de Wisbech, la ville où habitait maintenant sa famille.

Calmée, elle avala avec plaisir son bol de chocolat. Jamais elle n'avait eu si peu envie de dormir. James Foxe la hantait. Qu'avait-il pensé du départ de Paul pendant la danse ? Comment interpréterait-il ses relations avec Alan et Simon ? Comprendrait-il qu'ils étaient pour elle comme deux frères aînés ?

Quand sa mère et son beau-père s'étaient installés à Wisbech, Sarah avait fait la connaissance des deux jeunes voisins dès sa première visite. Si elle flirtait parfois avec eux, ce n'était que par jeu. Ils lui rappelaient ses camarades de lycée ; les premières approches, quand l'autre sexe apparaît comme un continent étranger, quand on mesure sur lui les effets d'une séduction toute nouvelle. Rien que de très banal dans cette relation entre adolescents attardés ! Pourquoi sa mère s'inquiétait-elle ?

Elle se coucha et ne put fermer l'œil. Mille préoccupations futiles l'assaillaient. Comment s'habillerait-elle le lendemain ? James viendrait-il à son bureau comme il l'avait annoncé ?

Elle s'endormit enfin, souriante dans son sommeil.

## Chapitre trois

La voiture de Sarah avait certes connu des jours meilleurs. Son beau-père la lui avait offerte le jour de son mariage avec sa mère, afin qu'elle puisse leur rendre visite aussi souvent que possible. Quel brave homme il était ! Il n'avait fait cela que pour son épouse, en réalité. Il craignait qu'elle ne regrette de quitter Boston pour devenir M$^{me}$ David Bourne. Mais deux ans s'étaient écoulés et la voiture commençait à donner des signes de fatigue.

Elle était minuscule. Sarah n'y voyait pas d'inconvénient mais ses passagers masculins avaient parfois du mal à se loger sur le siège. Ainsi, Paul ne supportait pas d'effectuer avec elle un trajet un peu long.

C'était la première fois qu'elle blessait Paul... Elle en éprouvait un vrai malaise, un sentiment de culpabilité difficile à chasser.

Le mercredi soir, elle avait dîné avec lui. Tous deux se rendaient fréquemment dans un restaurant modeste et partageaient l'addition. Mais, cette fois, Paul avait refusé catégoriquement de se contenter d'un steak.

— Je t'emmène dîner à l'italienne !

Sarah n'avait pas discuté. Leur dispute de la

veille était encore trop présente entre eux. Le repas s'était déroulé dans un silence lourd.

— Combien de temps ton Américain compte-t-il rester ici ? avait-il soudain demandé.

Elle avait failli lâcher le verre de vin dont elle respirait le parfum.

— Je ne sais pas.

— Tu vas encore sortir avec lui ?

— Mais ça ne m'est jamais arrivé !

— Et hier soir ?

L'agressivité de Paul avait instantanément dissipé les remords de Sarah.

— Eh bien, quoi... hier soir ?

— Il est allé chez toi.

— Et alors ?

— Tu es complètement inconsciente ! Que sais-tu de lui ? Tu n'aurais jamais dû lui montrer ton appartement !

— Pourquoi ? Tu es déjà venu chez moi, toi !

— Oh ! Sarah... je ne veux pas t'ennuyer ni te faire des reproches.

— On ne le dirait pas.

— Tu es vexée, avait-il conclu.

En fait, ils étaient tous deux malheureux et mal à l'aise. Sarah l'avait provoqué en feignant l'innocence, quand elle aurait pu aisément le rassurer. Tout à coup, à cause de ce désagréable interrogatoire, elle ne lui avait plus accordé aucune confiance. Et elle avait décidé de ne rien lui dire du week-end en perspective. Elle savait qu'elle s'attirerait de nouveaux reproches. Tant pis pour Paul. Par son incompréhension, il s'était lui-même condamné à ne plus partager avec elle une réelle amitié.

Pour tout bagage, James Foxe n'avait qu'un petit sac en papier qui tenait dans la poche de sa veste.

— Vous n'emportez qu'une brosse à dents quand vous voyagez ? s'étonna Sarah.

Il s'installa de bonne grâce sur le siège étroit de la voiture.

— Toujours ! Surtout quand j'ignore où je me rends.

Il lui fit un de ses sourires bouleversants.

— Ne vous inquiétez pas, poursuivit-il. Je ne me promènerai pas en costume d'Adam dans la maison de votre respectable mère.

— Respectable ? Vous ne croyez pas si bien dire ! s'écria-t-elle avec une petite grimace comique. Allez... dites-moi où sont vos bagages.

Des poches profondes de son manteau, James extirpa une trousse de toilette et un pyjama roulé en boule.

— Satisfaite ?

— Vous êtes un hôte exemplaire, murmura-t-elle.

— Je l'espère bien !

Il la dévisagea longuement, sans sourire, et ses yeux parurent d'un bleu plus sombre, presque comme de l'encre.

— Je vous remercie de m'avoir proposé ce petit voyage.

Sarah hocha la tête. Seule en pays étranger, elle aurait été reconnaissante elle aussi.

— Ma mère se réjouit d'avoir un invité.

Le moment était venu de le mettre en garde contre les obsessions de Betty. Mais avec doigté et sur le ton de la plaisanterie.

— Vous amenez Paul avec vous d'habitude, je suppose ?

Les mains de Sarah se crispèrent légèrement sur le volant.

— Non, très rarement.

— N'est-il pas votre amoureux en titre ?

Ils arrivaient à un carrefour. Elle ralentit, regarda à droite, à gauche...

— Qui vous a dit cela ? s'enquit-elle en redémarrant.

— Le principal intéressé : Paul lui-même.

— Oh... Vous vous êtes rencontrés ?

— Oui. J'ai d'ailleurs cru comprendre qu'il ignorait tout de notre week-end, reprit James soudain plus froid. C'est pourquoi je ne lui en ai rien dit, moi non plus. Inutile de vous inquiéter à ce sujet.

— Je ne m'inquiétais pas, fit-elle, la gorge sèche.

Mais, sans paraître l'avoir entendue, il poursuivit :

— J'aurais dû lui en parler, mais j'ai eu une sorte de pressentiment. Il ne m'apprécie pas beaucoup, n'est-ce pas ? J'ai essayé, sans grand succès, d'atténuer son antipathie à mon égard. Je suis désolé de semer la discorde entre vous.

— Paul et moi sommes seulement amis.

— Ah bon ? Et vous le lui avez rappelé, ces temps derniers ?

— Plusieurs fois.

C'était faux. Mais pourquoi aurait-elle dû sans cesse redéfinir sa relation à Paul ? Il en connaissait les limites aussi bien qu'elle. Sarah jeta un coup d'œil à James et remarqua qu'il avait l'air incrédule.

— Pourquoi ne laissez-vous pas ce pauvre garçon tranquille ?

Sarah quitta la route nationale, préférant emprunter les voies secondaires où la circulation était moins dense. Tout le long de la côte, on avait comblé les anciens marécages pour les transformer en terres cultivables. Les petites routes traversaient ces champs fertiles.

Que signifiait la question de James ? S'il s'obstinait à faire preuve d'indiscrétion, elle ne répondait plus de leur sécurité dans cette voiture...

— Qu'est-ce qui vous fait croire que j'ai jeté mon dévolu sur lui ? demanda-t-elle, ne trouvant pas de réplique plus cinglante.

— C'est évident.

— Pas pour moi.

Un mot de plus sur Paul et je fonce dans le fossé ! se dit-elle. Ou plutôt, je m'arrête, je le fais descendre et le laisse rentrer à pied à Boston. Il n'y a pas un seul bus sur cette route...

Loin de se douter des plans machiavéliques qui se tramaient dans l'esprit de Sarah, James reprenait d'un ton léger :

— D'après lui, votre mariage est imminent.

Elle freina brutalement. La petite voiture gémit avant de s'immobiliser.

— Comment ? Il vous a dit ça ?

James feignit une vive inquiétude. Evidemment, il se moquait d'elle et jouait à la tourmenter ; qu'il continue une minute seulement et elle saurait bien arrêter ce jeu. Il ne rirait plus très longtemps !

— Il m'a beaucoup parlé de vous.

— Vous avez dû passer ensemble un excellent

moment! persifla-t-elle, furieuse. Moi aussi, je pourrais vous...

— Il n'était pas au courant pour Richard, l'interrompit-il nonchalamment.

— Mais enfin, mes relations avec Richard sont professionnelles! Tout comme avec vous!

— Et vous m'invitez à passer le week-end dans votre famille? Vous avez une curieuse notion du rapport professionnel!

— Je ne vous ai proposé de m'accompagner que parce que vous êtes étranger et seul dans ce pays.

Dire qu'elle devait à présent se justifier de sa générosité! James eut un petit rire chaleureux.

— J'imagine que la plupart de vos clients sont étrangers.

En effet. Mais ils venaient rarement la consulter seuls. Une épouse, des enfants ou un ami les accompagnaient. Ils exposaient leur demande et rentraient chez eux, en attendant qu'elle leur envoie le résultat de ses recherches. Non, elle n'avait jamais vu un client se comporter avec elle comme James Foxe.

— Voulez-vous me laisser le volant? dit-il.

— Certainement pas! Ces routes sont étroites et vous n'avez pas l'habitude de conduire à gauche.

— La confiance règne! se moqua-t-il gentiment.

— Parfaitement, assura-t-elle froidement. Et n'allez pas croire que passer un week-end chez ma mère vous donne le droit de vous mêler de ma vie privée. Mes amis...

— Si Paul est votre ami, je ne suis pas certain de souhaiter l'être aussi.

Choquée, blessée, elle resta silencieuse un instant. Qu'avait bien pu insinuer Paul pour que James ait une telle attitude ? Elle redémarra. Et bientôt la voiture obliqua vers l'intérieur des terres pour filer le long des bois où apparaissaient parfois, entre les arbres, de minuscules chapelles en pierre grise.

— Je connais Paul depuis des années, murmura-t-elle.

— Il ne songe qu'à devenir votre amant.

— C'est ridicule ! A ce propos... ne faites surtout pas attention à ce que vous dira ma mère. Me marier est une obsession, chez elle.

— C'est très compréhensible.

— Vous aussi ? s'écria-t-elle, outrée. Je suis parfaitement heureuse de la façon dont je mène ma vie.

— Parce que vous n'avez pas rencontré l'âme sœur. Moi aussi, avoua-t-il sans autre préambule, j'aimerais être votre amant.

Sarah n'en croyait pas un mot.

— Répétez cela à ma mère et vous serez disqualifié sur l'heure ! Ce qu'elle veut pour moi, c'est un vrai mariage classique. En blanc. Avec tout le tralala.

— Une femme certainement charmante.

— Oui. C'est vrai.

Soulagée d'aborder un sujet moins délicat et surtout moins brûlant, elle reprit avec enthousiasme :

— Mon beau-père, David, est très sympathique, lui aussi. Il est originaire de Boston. Il se sont installés à Wisbech il y a deux ans, dans une très belle maison au bord d'une rivière. Elle a été construite par l'une des familles de quakers qui ont fait fortune dans la région.

— Que fait votre beau-père ?

— Il est vétérinaire. Comme il préfère soigner les animaux des fermes plutôt que les chats et les chiens de la ville, il a quitté Boston pour le comté de Cambridge. Enfin, c'est ce qu'il prétend mais, en réalité, je le soupçonne d'avoir déménagé pour que ma mère n'ait pas la nostalgie de sa vie avec son premier mari. Pour qu'elle change d'horizon. A Boston, on l'appelle encore M$^{me}$ Gilbert. Tandis qu'à Wisbech tout le monde la connaît comme M$^{me}$ Bourne.

Ils parlèrent ainsi, agréablement, jusqu'à Wisbech. Là, Sarah se concentra sur sa conduite car la circulation était infernale dans la petite ville et il lui fallait trouver une place où se garer. Par bonheur, le hangar que son beau-père avait fait construire pour les voitures de ses visiteurs était libre.

— Alan et Simon ne sont pas encore arrivés ! annonça-t-elle. Je n'ai pas souvent l'occasion de leur piquer la place. Ces deux grands paresseux détestent se garer plus loin. Ça les forcerait à marcher !

— Qui sont Alan et Simon ? s'enquit James.

— Les voisins. David leur permet de se garer sous le hangar quand personne ne s'en sert. Malheureusement, je ne suis que la fille de la maison et ces deux voyous ne me considèrent pas assez pour me laisser la place !

— Et vous les aimez bien, ces... deux voyous ?

Déjà, Sarah s'arrêtait et l'arrivée de sa mère lui évitait d'avoir à répondre. A l'entrée du minuscule hangar, Betty Bourne, très élégante comme toujours, les regarda descendre de voiture.

— Tu vas déclencher les foudres de nos petits voisins en te garant ici, ma chérie, dit-elle en souriant. Je ne sais pas si... Oh! Le voilà donc, cet Américain ? s'écria-t-elle en se tournant vers James.

— James Foxe. Ma mère...

M<sup>me</sup> Bourne regarda l'invité de sa fille, sans cacher son admiration pour sa prestance. Puis elle entraîna les jeunes gens vers la maison.

— Puis-je vous appeler James ? Vous m'appellerez Betty. Ce sera beaucoup plus sympathique !

Sarah les suivait lentement, tendue à l'avance par les mille impairs que sa mère n'allait pas manquer de commettre. Tout de même, elle n'avait encore jamais prié un ami de sa fille de l'appeler par son prénom... Oh! que Sarah n'aimait pas ça !

Ils entrèrent dans le magnifique hall, parlant toujours.

— Tout le monde vous nomme James ? intervint Sarah.

— Non. Pour certains, je suis Jim.

— Ou Jimbo ?

— Pas souvent.

Il fallait reconnaître que ce surnom ne convenait guère à un homme aussi viril. L'entente immédiate de James avec sa mère étonnait Sarah. Ce devait être qu'il savait plaire à toutes les femmes qu'il rencontrait, si différentes soient-elles... Mais, après tout, pourquoi en éprouver gêne ou ressentiment ? Elle aimait la compagnie des hommes plus que celle des femmes et, si le trouble qui la saisissait en présence de Jamas annihilait ses défenses de façon alarmante, cela ne signifiait pas pour autant qu'elle était amoureuse de lui.

Elle voulut lui parler mais pas un son ne sortit de sa bouche. Que m'arrive-t-il ? se demanda-t-elle, agacée.

James trouva sa chambre merveilleuse. Avec ses murs clairs, comme tous ceux de la maison, et ses meubles anciens en bois sombre, elle était confortable et d'un luxe discret. Peu de bibelots, mais tous antiques et rares. Betty avait le sens de la beauté et un don remarquable pour la décoration.

Les fenêtres de la chambre donnaient sur le jardin où les taches rose vif des massifs de dahlias faisaient mieux ressortir encore la diversité des couleurs de l'automne. Sur le mur de clôture en pierre, une superbe vigne vierge ajoutait au paysage une touche de mystère délicieusement romantique.

Sarah resta un moment près de James qui, debout devant la fenêtre, contemplait tout cela. Discrète, Betty s'était éclipsée.

— Peckover House, la célèbre demeure transformée en musée, est juste de l'autre côté de la route, dit-elle. Nous irons le visiter demain, si vous voulez. C'est très beau.

— Aussi beau qu'ici ?

— Oui, mais avec des moulures d'origine, faites à la main. Chaque porte est un chef-d'œuvre du dix-huitième, tout comme chaque pièce du mobilier.

James se tourna vers elle avec un sourire si rayonnant, si émouvant qu'instinctivement elle s'appuya de la main au chambranle de la fenêtre,

42

comme si elle avait craint de s'évanouir. Et elle resta ainsi, incapable de sourire et de bouger, muette.

— Je me sens ici comme chez moi, dit-il. C'est dans une demeure coloniale très semblable à celle-ci que j'ai passé mon enfance.

— Et, maintenant, où habitez-vous ?

— Dans un appartement, en plein centre de Boston... Massachusetts, précisa-t-il.

Ils furent interrompus par un affreux bruit de carambolage aussitôt suivi de tout un chapelet de jurons proférés par une voix masculine.

— Ma voiture ! s'écria Sarah.

Elle courut dehors et arriva juste à temps devant la porte pour voir Alan et Simon disparaître dans la maison voisine.

— Eh ! Vous deux ! Il ne s'est rien passé avec ma voiture ?

Tout souriants, ils vinrent vers elle. Jumeaux, il semblait impossible de ne pas les confondre tant ils se ressemblaient. Pourtant, ils n'avaient jamais réussi à tromper Sarah.

— Sarah ! Quel bonheur de te voir ! On ne savait pas que tu venais ce week-end !

Ils l'embrassèrent tous les deux en même temps, chacun sur une joue. James apparut à l'instant précis où elle passait les bras au cou de ses deux amis.

— Qu'avez-vous fait à ma voiture ? insista-t-elle.

— Oh... nous l'avons seulement poussée. Il nous fallait une petite place pour notre nouvelle Sierra, commença Simon.

Comme elle les prenait par les cheveux, faisant

mine de cogner leurs têtes l'une contre l'autre, Alan prit la parole à son tour.

— Tu sais bien qu'il est impossible de se garer dans le coin ! Tu ne vas pas nous jeter dehors, dis ? Tu n'es pas égoïste à ce point, Sarah ? Tu as du cœur, toi, je le sais bien !

— Je vais réfléchir, répondit-elle, taquine.

Elle se dirigea vers le petit hangar et, dans la pénombre, distingua sa voiture le nez contre le mur du fond, devant la Sierra. On ne pouvait nier que les jumeaux avaient des arguments imparables pour squatter le hangar : il pleuvait vite des contraventions dans ce quartier résidentiel où l'on n'avait pas le droit de stationner sur les trottoirs.

— Et... si je veux sortir ?

Simon l'enlaça et posa tendrement la tête sur son épaule.

— Dans ce cas, jolie Sarah, il te suffira de nous prévenir et nous sortirons la Sierra... le temps de te laisser passer.

— J'ai tout de même entendu un bruit affreux, tout à l'heure...

A son tour, Alan s'approcha et lui caressa les cheveux. Agacée par ces débordements d'affection, elle les foudroya d'un regard sévère.

— A vrai dire, Sarah chérie, nous ignorions que ta voiture serait là. Comme d'habitude, nous avons coupé le moteur pour glisser vers le garage et...

— Si vous avez embouti mon pare-chocs...

Les deux garçons se regardèrent en riant.

— Vous le réparerez ! Et à vos frais !

— T'avons-nous jamais laissée tomber ? s'indignèrent-ils. De toute façon, ton pare-chocs ne

44

tenait plus qu'à un fil ! Nous le fixerons solide-
ment, avec du fil de fer !

— Aujourd'hui ?

— Aujourd'hui même !

Tout se termina par une étreinte générale.
Sarah rendait leurs baisers aux jumeaux comme
à deux frères adorés. Quand ils furent partis, elle
s'efforça de remettre un peu d'ordre dans ses
cheveux en bataille.

— Puis-je vous aider ? demanda derrière elle
une voix glaciale.

James ! Elle l'avait presque oublié... Elle eut
un frisson d'appréhension. Elle imaginait trop
bien ce qu'il devait penser, s'il avait assisté à ses
effusions avec les jumeaux. Les reproches les
plus virulents allaient fondre sur elle ! Puis ses
propres pensées l'affolèrent. Au nom de quoi se
souciait-elle du jugement de James ? Alan et
Simon étaient deux charmants garçons dont les
pitreries enfantines ne portaient pas à conséquence.

— Je n'ai pas besoin d'aide, merci, dit-elle.

Elle se dirigeait vers la maison quand il lui
barra le passage. Prenant une profonde inspiration, elle leva les yeux vers lui et le fixa d'un
regard encore plus noir que le sien. Et, brusquement, son cœur s'affola.

— C'est un miracle que ma voiture n'ait subi
aucun dommage... balbutia-t-elle.

Elle n'eut pas le temps d'en dire davantage. Il
la prenait par la taille et l'attirait contre lui, si
soudainement qu'elle en eut une sorte de vertige.

— Vous prodiguez vos baisers avec une générosité stupéfiante. Pourquoi ne m'embrassez-
vous pas, moi aussi ?

Face à un autre homme, Sarah aurait su comment réagir. Elle aurait ri et déposé un baiser sur sa joue avec la plus parfaite insouciance. Mais, devant celui-ci, elle perdait le contrôle de la situation. Elle se noyait dans la profondeur de son regard, tremblant d'une indéfinissable appréhension, comme étranglée par sa propre inquiétude.

La bouche de James se posa sur la sienne avec une incroyable douceur, la caressa. Quand sa langue pénétra entre ses lèvres ouvertes et se mêla à la sienne, elle tressaillit sous l'assaut d'une vague de plaisir intense. Un plaisir inconnu.

— Vous embrassez délicieusement, Sarah Gilbert, dit-il tristement en la lâchant. Dommage que tout le monde en profite.

## Chapitre quatre

Sarah passa la matinée du samedi à éviter James, ce qui lui fut facilité par l'engouement de sa mère pour leur invité. Betty et l'Américain ne se quittaient plus. Sarah, morose, trouvait cela extrêmement commode. Elle se moquait de ce qu'ils pouvaient se raconter et n'avait qu'une préoccupation : comment se débarrasser de James cet après-midi ? Elle comptait sur l'aide d'Alan et de Simon. Son beau-père mit tous ses plans en échec dès qu'il prit place à la table du déjeuner, avec un éblouissant sourire.

— Mission accomplie ! lança-t-il mystérieusement à sa femme. Et vous deux, Sarah et James, ne revenez qu'à l'heure du thé ! Il y aura une surprise pour vous...

Sarah faisait des efforts surhumains pour garder un semblant de bonne humeur.

— Des sandwiches au concombre ? s'écria-t-elle, essayant de deviner.

— Sans doute, affirma sa mère. Mais je n'appelle pas cela une surprise ! Cherche un peu...

— Un gâteau ?

D'habitude, le thé traditionnel la réjouissait. Mais, aujourd'hui, elle était harcelée par la petite phrase prononcée par James après leur baiser.

Impossible cependant de continuer à l'éviter... A cause de la malheureuse sollicitude de Betty et de David, elle devait se résoudre à passer l'après-midi avec lui.

— Où allons-nous ? dit-elle en le rejoignant dans le hall.

Lui laissant à peine le temps d'enfiler sa veste, il la poussa vers la porte.

— Vous avez promis de me montrer *Peckover House*.

— Mais c'était avant...

La prenant par le cou, il l'obligea à tourner le visage vers lui. Cette caresse la bouleversa et elle s'efforça de n'en rien laisser paraître.

— A partir de maintenant, fit-il doucement, vous oubliez le reste du monde. Je veillerai à rester votre unique centre d'intérêt.

— Vous n'y parviendrez jamais ! Vous savez bien que je suis beaucoup trop volage !

Il lui effleura l'oreille du doigt.

— Plus pour longtemps. On y va ?

Dans la grande maison transformée en musée, James s'intéressa beaucoup aux immenses cheminées merveilleusement sculptées.

— Il y en avait une exactement comme celles-ci dans la maison de mon enfance ! Mais vous devez connaître cette demeure dans ses moindres recoins ? Vous venez souvent à Wisbech ?

— Pas très souvent, non. Ma mère et David sont parfaitement heureux ensemble et le bonheur a besoin de solitude pour s'épanouir. Ma mère donne... tout pour leur couple. Trop, à mon avis. Mais, après tout, nous ne sommes pas de la même génération.

48

— Vous voulez dire que vous donneriez moins ?

— Pas moins, répondit-elle après réflexion. Mais autrement. Ma mère croit qu'une femme doit se consacrer au confort, au bien-être de son époux. Moi, je ne pourrais aimer un homme que d'une façon plus égalitaire.

— Quitteriez-vous votre ville natale pour lui, comme elle l'a fait ?

— Qui sait ? Pour le moment j'y vis à ma guise, j'y suis heureuse. Si jamais cette existence n'était plus possible, peut-être prendrais-je le bateau pour l'Australie ? Je suivrais les traces de mes ancêtres...

— Pourquoi pas les Etats-Unis ?

— Ah ! non...

— Vous ne vous sentez rien de commun avec la culture américaine ?

— C'est l'Australie qui m'attire, déclara-t-elle avec un entêtement un peu enfantin. Le Quatre Juillet, pour l'anniversaire de l'Indépendance américaine, Boston — la mienne ! — est en fête comme si nous étions aux Etats-Unis. On dirait que, depuis des siècles, le seul événement important de ce pays a été le départ de quelques émigrants !

Percevant soudain l'amertume involontaire de ses paroles, elle se tut. Eprouvait-elle vraiment de la rancœur ou de l'hostilité devant l'engouement de ses compatriotes pour leurs cousins américains ? Non, pas du tout. Au contraire, elle comprenait qu'on soit fidèle aux liens du sang, et qu'on ait de l'attachement pour les parentés les plus lointaines.

49

— Vous nous en voulez vraiment, n'est-ce pas ?

Nier, s'expliquer, parut impossible à Sarah. En ne protestant pas, elle gardait ses distances, demeurait sur la réserve vis-à-vis de James. Et pourtant, s'il avait su combien elle se sentait proche de lui, combien son arrivée dans sa vie comptait pour elle, il aurait pu, à juste titre, s'estimer vainqueur...

— Je préfère les Australiens, répéta-t-elle, butée.

— Encore une question, insista-t-il en la prenant par le bras. Combien d'Américains et d'Australiens avez-vous connus ?

Elle aurait très bien pu mentir, donner le premier chiffre qui lui traversait l'esprit. Mais le regard de son persécuteur l'en dissuada. Oh ! Pourquoi n'avait-elle pas le courage de le planter là sans répondre ?

— Pas beaucoup, avoua-t-elle.

— Combien ?

— Aucun, dit-elle très bas.

Il triompha avec une insolence difficilement supportable.

— Alors, je suis le premier Américain que vous embrassez ?

— J'aime les Australiens.

— Mais vous ne les amenez pas en week-end chez votre mère !

— J'ai eu de la compassion pour votre solitude. Mais que cette invitation ne vous donne pas des idées...

— J'ai déjà ma petite idée sur vous.

— Typiquement masculine, je présume !

James souriait avec arrogance, comme s'il savait qu'elle allait perdre son sang-froid.

— Il me reste un peu d'espoir à votre sujet. Je parviendrai à obtenir toute votre... attention. Est-ce une perspective si déplaisante que ça ?

Elle le fixa de ses immenses yeux verts.

— Vous exigez beaucoup pour quelques jours seulement ! A moins qu'il ne s'agisse d'une offre d'amitié ? demanda-t-elle, moqueuse. On prête à vos compatriotes un tempérament plus... entreprenant !

— Que vous faut-il ? Des boîtes de chocolats ? Des gerbes de roses ?

— Merci, des roses je peux en cueillir par centaines dans le jardin de ma mère.

— Vous en piquerez une dans vos cheveux pour recevoir nos invités à l'heure du thé.

— Nos invités ? Comment ça ? Et comment savez-vous que nous ne prendrons pas le thé tous les quatre ?

James avait parlé trop vite. De toute évidence, il était au courant de la fameuse surprise... Mais il sut rattraper son indiscrétion.

— C'est ce que votre mère a laissé entendre, il me semble ? Je ne vous l'ai pas dit : je la trouve adorable. J'avais toujours entendu dire que les Anglais étaient réservés, secrets, mais elle dément cette réputation.

Inexplicablement, Sarah reçut assez mal ce compliment sur sa mère. Se croyait-elle diminuée par cette comparaison implicite avec elle ?

De retour à la maison, James se rendit dans le luxuriant jardin et cueillit un bouton de rose rouge qu'il fixa délicatement au-dessus de l'oreille de Sarah. Puis, soulevant sa chevelure d'or, il lui fit un léger baiser sur la nuque.

— Vous êtes très belle.

Sa bouche glissa dans le cou de Sarah puis sur sa joue et jusqu'à ses lèvres. Elle s'écarta d'un bond.

— Je suis plus difficile que vous ne le pensez !

— En ce qui concerne le choix de vos amants ?

— En ce qui vous concerne !

Eclatant de rire, il referma les bras sur elle avec une autorité sans appel. Ravie, au bord du rire elle aussi, Sarah crut que la joie allait l'étouffer. Comment se pouvait-il qu'une défaite se transforme si aisément en victoire ?

— J'aimerais vous détromper, murmura James. Mais l'heure et le lieu sont mal choisis. Je me permettrai cependant de vous voler un baiser, vous voulez bien ?

Le cœur battant, elle ne chercha pas à prendre la fuite, cette fois. Et, paradoxalement, elle redoutait d'être trop passive. Elle aurait voulu prouver à James qu'elle était fière et indépendante. Et puis, lorsqu'il s'empara de sa bouche, toutes ses résolutions disparurent. Elle jeta les bras autour de son cou, émerveillée par sa chaleur, par la douceur de son étreinte.

Un bruit les arracha l'un à l'autre. Betty faisait son apparition dans le salon, poussant une table roulante sur laquelle était disposé le service à thé.

— Je vous ai dérangés ? s'inquiéta-t-elle.

James ne dit rien, très sûr de lui. M$^{me}$ Bourne dévisagea sa fille d'un air songeur.

— Ma chérie, tu devrais aller te recoiffer... James va m'aider pour le thé. Très jolie, cette rose, ajouta-t-elle comme sa fille quittait la pièce. Je crois que les Espagnols donnent une signification particulière à la fleur dans les cheveux...? A moins que ce ne soient les Polynésiens...

— Vous avez raison, répondit James avec le plus grand sérieux. Cette rose porte en effet un message. Croyez-vous qu'Alan et Simon le comprendront ?

— Vous n'avez qu'un rival sérieux, affirma Mme Bourne. C'est Paul.

Avec insouciance, il poussa la table roulante vers le sofa.

— J'ai plus d'un tour dans mon sac. Sans compter l'énorme avantage d'être ici avec votre fille pour deux jours. Et Paul n'est pas là !

Sarah n'avait pas besoin d'entendre cette conversation pour savoir ce qu'elle était. Sa colère avait une autre cause : au contraire de James, elle était ennuyée que sa mère les ait surpris en train de s'embrasser. Il lui semblait qu'elle avait menti en prétendant que l'Américain n'était qu'une relation professionnelle et que sa mère ait percé son secret lui était désagréable.

Mais Betty n'était pas aussi innocente que le croyait sa fille. Elle trouvait James extraordinaire et se réjouissait que ce falot de Paul soit enfin relégué dans l'ombre d'où il n'aurait jamais dû sortir.

— Vous vous faites des idées sur James ! avait déclaré Sarah quelques heures plus tôt, à sa mère et à son beau-père. Et c'est uniquement parce qu'il est la réplique exacte des héros des séries télévisées que vous aimez tant.

— Ma chérie, ta comparaison est parfaite! Seulement... oublierais-tu que la principale caractéristique des héros, c'est de gagner toujours?

— Pas dans la vraie vie!

— Je n'en suis pas si sûre...

Betty et David avaient échangé un regard complice, chargé d'une tendre intimité. L'évidence de leur amour fit soudain comprendre à Sarah qu'elle n'avait jamais réellement envisagé de passer sa vie avec Paul. Parce qu'une telle intimité était impensable entre eux. D'un naturel tiède, Paul restait interdit devant la passion qui, parfois, la faisait exploser. Il se contentait de lui offrir une affection sans fièvre ni violence. Avec James, en revanche...

Tandis qu'elle regardait par la fenêtre de sa chambre qui donnait sur la rivière, Sarah vit une énorme voiture passer le pont et se garer devant la maison. Une voiture américaine.

James et Betty sortirent pour accueillir les nouveaux venus. L'élégante jeune femme qui tenait le volant se précipita dans les bras de James pour l'embrasser.

— Bonjour, petit frère! s'écria-t-elle.

— Mary Beth! Je croyais que tu viendrais seule!

— En abandonnant Pete?

— Je ne parlais pas de lui...

Une autre créature de rêve descendait maintenant de la voiture.

— Louise brûlait d'impatience d'être reçue par une véritable famille anglaise. Tu ne lui en veux pas? A Mildenhall, nous ne fréquentons que des Américains...

Attentive à la scène qui se déroulait sous ses yeux, Sarah crut comprendre que James n'était pas indifférent au charme de la belle Louise. Féline, souriante, elle aussi se jeta dans ses bras en un élan qui trahissait une intimité plus qu'amicale.

Pendant ce temps, Mary Beth serrait la main de Betty et lui présentait son mari. Le pauvre Pete paraissait timide, sans grande force de caractère.

Ainsi, James n'était pas seul en Angleterre... Son beau-frère, sa sœur et sans doute sa maîtresse étaient là pour l'accueillir. Le traître ! Il n'en avait pas soufflé mot à Sarah.

La tête haute, elle descendit rejoindre les invités, salua rapidement Mary Beth et Pete, et échangea un regard distant avec Louise. Puis elle les abandonna au milieu du salon sans se soucier de ce qu'on penserait d'elle.

— Où vas-tu ? s'enquit Betty.

— Je sors.

— Je t'avais avertie que nous aurions de la visite !

Sarah ne se retourna même pas pour rassurer sa mère désemparée. Dehors, elle tomba sur Alan et Simon.

— Justement, j'ai besoin de ma voiture, leur annonça-t-elle.

— Tout de suite ?

— Immédiatement.

— Tu veux venir avec nous ?

— Où ?

— Au cinéma.

Elle hésita. Pour rien au monde, elle ne retournerait parmi ces gens. Elle refusait de faire la conversation à la famille de James ou à son amie. Sa petite sortie n'avait peut-être rien de très aimable mais c'était bien le dernier de ses soucis. Si, au moins, on l'avait prévenue !

— Sarah !

— On t'appelle, fit remarquer Alan. Si tu veux, nous t'attendons. D'ailleurs, ajouta-t-il plus bas, je ferais volontiers la connaissance de cette jolie fille. Qu'en dis-tu, Sim ?

Mary Beth venait vers eux.

— Elle est mariée, grommela Sarah.

— Décidément, nous n'avons pas de chance ! se lamentèrent ensemble les deux frères.

Sarah se tourna vers Mary Beth qui, sans un mot, ramassa le bouton de rose tombé de sa chevelure.

— Si vous partez, j'aimerais bien vous accompagner, commença-t-elle avec un naturel déconcertant. Je ne supporte pas de voir Louise tourner autour de mon frère. D'autant qu'il ne fait rien pour l'en dissuader.

Ses yeux, aussi bleus que ceux de James, brillaient d'une lueur amicale et complice. Elle les dévisagea tous les trois avec un sourire extraordinairement chaleureux.

— Vous êtes des amis de Sarah ? demanda-t-elle aux jumeaux.

— On peut le dire comme ça, répondit Simon, malicieux.

— Nous allons au cinéma. Vous venez avec nous ? reprit Alan.

Amusée par l'évidence de leur tentative de séduction, Mary Beth leur sourit gentiment.

— Non, et Sarah non plus, je le crains. Nous avons à parler, toutes les deux.

56

Penauds, les deux garçons tournèrent les talons et les laissèrent.

— C'est James qui vous envoie ? s'enquit Sarah, un peu agacée et en même temps conquise par Mary Beth.

— Mon frère ne m'a jamais « envoyée » nulle part ! Pour être franche, je déteste le concombre et James m'a prévenue que votre mère en garnirait les sandwiches ! Je voulais simplement vous dire que je comprends que notre arrivée vous ait dérangée.

— Je... j'ignorais que James avait de la famille en Angleterre. Je le croyais seul.

— Et vous ne vouliez pas nous rencontrer ?

— Je n'apprécie pas toujours... les surprises, confessa-t-elle. Par une susceptibilité déplacée, je le reconnais.

Mary Beth garda le silence un moment. Un pli soucieux barrait son front.

— Louise ne compte pas, déclara-t-elle enfin.

— Ça m'est tout à fait égal !

— Mon frère aurait dû me dire que...

— Il n'y avait rien à dire, l'interrompit Sarah en haussant les épaules. J'ai invité James ici en pensant qu'il se sentirait très seul pendant ce week-end d'automne à Boston où il ne connaît personne...

— Vraiment ?

Sarah chassa le sentiment de doute qui l'envahissait devant ses propres affirmations.

— Oui, reprit-elle, et aussi parce que son désir de faire plaisir à sa mère, m'a touchée. Je travaille sur votre arbre généalogique. C'est passionnant.

— Rien d'autre ?

— Mais non.

Je mens encore... pensa-t-elle. Elle passait sous

silence son incroyable attirance pour James. Où cette histoire la mènerait-elle ? Il était en Angleterre pour une semaine, deux peut-être, puis il rentrerait aux Etats-Unis.

— Alors, si Louise ne vous dérange pas, que se passe-t-il ? demanda abruptement Mary Beth.

— Rien... J'avais envie de prendre l'air.

La sœur de James la prit amicalement par le bras.

— Si nous rentrions goûter les douceurs que votre mère a certainement préparées pour le thé ? Elle n'a pas pu prévoir que des sandwiches au concombre ! Nous allons nous amuser à observer le petit manège de Louise. Elle est aussi discrète qu'un éléphant dans un magasin de porcelaine. James n'est pas dupe de ses manœuvres et je suis prête à parier qu'il ne sera pas très charitable ! Surtout s'il tient à vous...

Sarah lui sut gré de présenter la situation sous ce jour optimiste. Mais elle n'était pas naïve, elle savait que Mary Beth voulait seulement se montrer gentille.

— Je me moque du manège de Louise, répéta-t-elle. De toute façon, elle retrouvera bientôt James aux Etats-Unis.

Mary Beth la dévisagea avec stupéfaction.

— Mais il ne vous a pas dit qu'il doit passer toute l'année ici ? Il s'occupe de procédure juridique internationale et a préféré s'installer près de chez moi plutôt que dans un coin d'Europe où il ne connaîtrait personne. Louise ne lui tournera pas autour bien longtemps. Et il serait très étonnant qu'il change d'avis sur son compte. Surtout maintenant !

## Chapitre cinq

En quittant son bureau, Sarah se dirigea vers le minuscule restaurant où travaillait Paul. Le temps très froid donnait un avant-goût d'hiver. La jeune généalogiste avait interrompu son travail pour venir prendre un déjeuner frugal dans ce lieu où l'on mangeait debout, au comptoir.

Songeuse, elle se plaça dans la file d'attente. Depuis une semaine, elle n'avait pas vu James. Elle en souffrait et s'étonnait qu'il lui manque autant. De Wisbech, au lieu de repartir avec sa sœur, il était revenu à Boston dans la voiture de Sarah.

— Qu'est-ce que je te sers, Sarah? cria une voix familière.

Elle fit d'abord semblant de n'avoir pas entendu. Elle n'était pas venue pour voir Paul, mais avait cru que, perdue dans la cohue qui se pressait au bar, elle aurait affaire à un autre serveur. Il n'y avait malheureusement qu'ici qu'on pouvait prendre un repas pour un prix modique. Ses relations avec Paul étaient au point mort. Ou, plus exactement, elle avait choisi de l'ignorer. Depuis leur querelle, elle se sentait incapable d'être naturelle avec lui, et de ne pas provoquer une nouvelle dispute.

— Ho ! Sarah ! Réveille-toi et dis-moi ce que tu veux !

Elle sortit de sa torpeur. Elle connaissait Paul depuis trop longtemps pour pouvoir l'éviter.

— Donne-moi... des pommes de terre à la crème ! Avec beaucoup de sel et poivre.

Il eut un sourire navré.

— Toutes ces calories !

Les calories ? Elle les brûlait en frustration ! James l'obsédait trop pour que son travail avance. Avouer ce secret à Paul ? Impossible. Ç'aurait été manquer du tact le plus élémentaire.

— Ça m'est égal ! lança-t-elle en s'efforçant d'avoir l'air gai.

Une minute plus tard, Paul ressortait de la cuisine enfumée et bruyante, une assiette à la main. Il la déposa devant son amie qui s'était fait une petite place au comptoir.

— Je te dois combien ? s'enquit-elle.

— T'ai-je jamais fait payer ton déjeuner ? s'exclama-t-il, vexé.

— Je suis souvent passée discrètement à la caisse, avoua-t-elle en riant.

— Tu n'y étais pas obligée, insista sombrement Paul.

— Je sais, fit-elle, conciliante. Mais nous gagnons tous deux notre vie et je ne vois pas pourquoi tu m'offrirais mon repas. A moins d'une occasion spéciale, bien sûr.

— Quand par exemple ? Je ne t'ai pas vue de la semaine !

— J'ai été occupée.

— Je m'en suis rendu compte.

— J'ai passé le week-end dernie~ chez ma mère et, ces jours-ci, j'ai beaucoup travaillé.

— Pour ton Américain ?

— Entre autres.

La famille de James lui posait de gros problèmes. Elle avait tracé la branche principale jusqu'à cent cinquante ans avant leur départ pour l'Amérique. Mais, au début du quinzième siècle, elle perdait le fil. Et elle commençait à douter qu'ils fussent originaires du Lincolnshire.

— Tu es sortie avec lui, n'est-ce pas ?

— Je ne l'ai pas vu depuis plusieurs jours. Mais ça ne te regarde pas, ajouta-t-elle sans animosité.

— C'est vrai. Seulement, tu n'es pas venue chanter mardi et, quand tu n'es pas là, je m'ennuie.

— Pauvre Paul, murmura-t-elle avec une sympathie sincère.

— Au moins, la séance n'a pas dégénéré en soirée dansante. A vrai dire, tout le monde s'est inquiété de ton absence.

Elle imaginait fort bien toutes les questions plus curieuses qu'amicales qu'on avait dû lui poser. Elle en fut désolée. De l'ignorance de Paul, chacun avait sûrement tiré, sans le dire, des conclusions peu flatteuses pour le jeune homme.

— Je viendrai la semaine prochaine, promit-elle.

— J'ai raconté que tu avais un rhume.

— Tu n'étais pas obligé de mentir.

— Enfin, Sarah, il fallait bien donner une réponse !

— Tu pouvais dire la vérité, c'est-à-dire que j'étais occupée.

— Je sais qu'ils pensaient tous que tu étais avec l'Américain.

— Eh bien, ils se trompaient ! Tu es content ?

Elle aurait tant voulu qu'ils aient eu raison... Elle aurait aussi aimé que Paul se conduise avec plus de fierté. Cherchait-il à éveiller à tout prix sa sympathie ? sa pitié ? A ce jeu-là, il perdait. Elle le trouvait pitoyable. Et, à ses yeux, c'était un défaut. Pas une qualité.

Un courant d'air glacé traversait le petit restaurant. Elle frissonna et frotta ses mains l'une contre l'autre pour les réchauffer.

— Je dois retourner au travail, annonça-t-elle en finissant son assiette.

— Attends une seconde ! lança Paul. Que fais-tu ce soir ?

— Je me repose. Je n'ai pas envie de sortir.

Il eut le regard désespéré d'un chien qu'on vient d'abandonner.

— Bon... Et demain ? Je te vois ?

— Peut-être.

Un peu triste de l'avoir blessé une fois de plus, elle s'éloigna. A présent, elle mesurait avec une certaine frayeur le fossé qui les séparait. Tôt ou tard, elle devrait lui dire qu'ensemble ils n'avaient aucun avenir possible. Pour le moment, elle ne pouvait se résoudre à le laisser froidement tomber. Jusqu'à quand allait-elle différer la rupture ? Oh ! Pourquoi l'approche de l'hiver était-elle toujours si déprimante ?

Le bureau était dans un terrible désordre. Sarah le contempla d'un œil morne, puis elle resserra les pans de son manteau et s'apprêta à ressortir. Elle avait envie de courir la campagne avec un appareil photo et de prendre des clichés de la nature en automne. Les arbres n'étaient pas nombreux dans les anciens marécages, mais le ciel d'une splendeur souvent spectaculaire. C'était l'époque où l'on voyait passer, sur le pourpre du ciel, les oiseaux migrateurs en route pour des pays plus chauds.

— Je vous ai manqué ?

Cette question interrompit sa rêverie. Elle sursauta et, aussitôt, une joie inexprimable l'envahit.

— Pourquoi m'auriez-vous manqué ? répliqua-t-elle pourtant.

James lui sourit avec sa nonchalance coutumière.

— J'ai trois jours de liberté. Qu'allons-nous en faire ?

Sarah, au comble de la nervosité, tripotait nerveusement la bandoulière de son sac.

— Comme vous le voyez, je croule sous le travail !

— Et vous avez une curieuse façon de l'exécuter. Il me semble que vous alliez sortir ?

— Mon métier l'exige fréquemment.

Il s'assit sur un coin du bureau.

— Comment se portent mes ancêtres ? J'espère qu'ils vous ont bien traitée.

— Quelques-uns, oui. Mais pas tous !

Dans le fouillis des papiers et dossiers, elle chercha la photocopie de l'arbre généalogique incomplet.

— Je commence à douter que votre famille soit originaire de Boston.

— Au téléphone, ma mère m'a parlé d'un petit village appelé Heckington, pas loin d'ici. Elle dit avoir trouvé ce nom dans des documents quasiment indéchiffrables concernant certains de ses ancêtres. Elle prétend, de surcroît, que les églises gardent de très anciennes archives.

— C'est en effet grâce aux archives ecclésiastiques que l'on retrouve le plus de traces, confirma-t-elle. Mais tous les documents du comté sont aujourd'hui rassemblés à Lincoln. Et, bien sûr, je les ai déjà consultés. Il semble que vos ascendants soient d'origine modeste. Autrefois, on ne recensait que les familles seigneuriales.

— Allons à Heckington, murmura-t-il en lui caressant doucement la nuque. Peut-être y trouverons-nous une piste intéressante.

— En tout cas, nous y trouverons un moulin à vent, répliqua-t-elle. Avec huit ailes. Le dernier du pays.

— Si nous ne tombons sur aucune piste, nous nous promènerons.

Sarah perdait contenance. Il caressait maintenant ses cheveux, comme pour la dompter, et son assurance l'agaçait. Allait-il toujours apparaître et disparaître sans jamais un mot d'explication ?

— Je ne veux pas aller à Heckington ! dit-elle d'un ton hostile. Je n'ai pas le temps et, d'ailleurs, je ne crois pas que votre famille vienne de là.

— Ma voiture est garée devant la porte. Vous êtes prête ?

— Quelle voiture ? La mienne ne vous plaît pas ?

— Elle n'est pas très confortable, avouez-le.

— Evidemment ! Vous, les Américains, il vous faut de véritables chars !

Elle avait dit cela sur le ton de la plaisanterie, sans doute pour briser ce charme insidieux dans lequel James prenait un malin plaisir à l'emprisonner. Ce fut une phrase de trop.

— Je commence à en avoir assez de vos idées reçues sur moi et mes compatriotes, mademoiselle Gilbert, déclara-t-il avec froideur. Vous parlez à tort et à travers de ce que vous ne connaissez pas.

— Vous n'êtes pas obligé de me rendre visite, ni de subir mes bavardages. Allez-vous-en ! Vous m'empêchez de travailler.

Les yeux de James étincelèrent. En réalité, il était enchanté de l'avoir mise en colère.

— Je ne m'en irai pas. Je vais vous étonner, Sarah, mais ici j'ai enfin trouvé ce que je cherchais.

Elle ne lui demanda pas de préciser sa pensée. Il lui caressait les cheveux, comme s'il voulait éprouver ses sens. C'était insupportable.

— Pourquoi mentir ? demanda-t-il. Vous brûlez d'envie de vous promener avec moi.

— Seriez-vous vaniteux ?

Il secoua la tête d'un air las.

— A moi de proférer quelques généralités... Sachez que les Anglais refusent toujours d'accepter leur défaite.

— C'est bien pour cette raison que nous finissons par gagner ! affirma-t-elle d'une voix hautaine.

— Pas contre les Américains, fit-il observer calmement. Nous avons gagné notre guerre d'Indépendance contre vous et...

Il s'interrompit de lui-même et eut un geste fatigué.

— Vous pouvez livrer toutes les batailles que vous voulez, reprit-il. Mais vous ne gagnerez pas contre moi.

— Quelles batailles ?

— Paul, Alan, Simon, pour n'en nommer que trois.

— Je ne suis pas en guerre contre eux.

— Si. Une guerre de séduction. Dès que vous plaisez à un homme, je suis certain que vous éprouvez un sentiment de victoire.

— Si tant est que ce soit vrai, balbutia-t-elle, bouleversée, cela ne regarde que moi. Pas vous !

— Vraiment ? murmura-t-il, les yeux brillants d'une lueur narquoise. Vous m'avez mal compris, Sarah. Je défends mon propre intérêt.

Il l'emprisonna dans ses bras. Elle ne résista pas.

— Venez en Hollande avec moi, la semaine prochaine. Je dois y être dimanche au plus tard. Nous pourrions partir vendredi et passer deux jours ensemble.

— Il n'en est pas question !

— Pourquoi ?

— Ma vie est ici. Et ma petite routine me convient. Je ne tiens pas à alimenter les ragots de la ville. Cela nuierait à mon travail. Les filles de Boston n'ont pas l'habitude de partir seules en week-end avec un étranger.

— Je ne suis plus un étranger, protesta-t-il. Plus pour vous, Sarah Gilbert. Sinon vous ne resteriez pas ainsi dans mes bras.

Il prit ses cheveux, les enroula entre ses doigts de telle sorte qu'elle ne pouvait plus bouger la tête. Elle avait le visage levé vers lui, les lèvres entrouvertes frémissantes de désir.

— Pourquoi ne m'embrassez-vous pas? demanda-t-il.

Démasquée, elle rougit de confusion. Un instant, elle songea à toutes les femmes qu'il avait tenues dans ses bras, à toutes celles qui l'avaient intimement connu. La jalousie s'empara d'elle. Jamais, sans doute, elle ne partagerait avec lui ce plaisir physique dont, elle le devinait, il détenait le secret.

« Venez en Hollande avec moi », avait-il dit, comme s'il avait parlé de la chose la plus naturelle du monde. S'attendait-il à ce qu'elle le suive partout comme un chien fidèle, jusqu'à ce qu'il retourne aux Etats-Unis? Sans elle, cette fois.

— Vous ne méritez pas mes baisers, fit-elle avec coquetterie.

Les mains de James caressaient son dos avec une fièvre croissante.

— Heureusement que certains obtiennent ce qu'ils ne méritent pas!

Quand leurs lèvres se rencontrèrent enfin, Sarah éprouva une joie intense mêlée de soulagement. Elle se pressa plus étroitement contre lui avec, au creux des reins, un délicieux frisson. Stupéfaite d'être soudain aussi passionnée et impérieuse. Le souffle lui manqua. Une merveilleuse chaleur l'engourdissait, anéantissant toute volonté en elle.

— C'est bon, non? lui chuchota-t-il à l'oreille.

Bon? Bien plus encore. Ce qui lui arrivait était ce qu'il y avait de plus inouï sur terre. Un bonheur inexprimable, une félicité qu'aucun mot ne pouvait traduire. La main de James emprisonna un de ses seins. Elle gémit. Dans ses veines, son sang devenait un flot impétueux.

— Quelqu'un pourrait entrer, dit-elle, essayant de se ressaisir.

Sa propre voix, enrouée, sensuelle, la fit sursauter.

— Richard ? s'enquit James.

— Je ne l'ai pas revu depuis le jour où vous l'avez croisé ici, répondit-elle en s'écartant un peu. Il n'est pas revenu.

— Il a été trop affectueux ce jour-là, pour quelqu'un qui n'a pas l'intention de revenir.

— C'était par reconnaissance.

— Tous vos clients vous remercient de cette façon ?

— Ils sont toujours très gentils. La plupart d'entre eux m'offrent des fleurs ou du chocolat. Richard a essayé de faire preuve d'imagination.

— J'espère que vous n'effectuez pas toutes vos recherches par altruisme ?

— Non, on me paie. Les gens sont généralement pressés d'obtenir des résultats. Ils viennent souvent de loin et ne restent que quelques jours. Je n'en ai encore jamais vu un seul séjourner à Boston une année entière !

Cette dernière phrase n'était pas tout à fait innocente. Elle lui en voulait un peu d'avoir appris, par sa sœur et non par lui, qu'il allait rester un an en Europe.

— Je suis rattaché à la Cour internationale de justice de La Haye.

— Alors, que faites-vous en Angleterre ?

Il esquiva la question.

— Vous m'avez invité à passer un week-end

chez vous. Je souhaitais simplement vous rendre l'invitation.

— Pour une réunion de famille? interrogea-t-elle, taquine. Mary Beth sera en Hollande?

Le sourire de James disparut.

— Non. Mais, si vous en aviez envie, elle aurait grand plaisir à vous recevoir à Mildenhall.

Ses doigts se refermèrent sur le poignet de Sarah et le serrèrent sans douceur. Cette pression la tira de la langueur où elle était plongée depuis qu'il l'avait prise dans ses bras.

Il lui faisait vraiment mal sans paraître en avoir conscience. D'ailleurs, il ne la regardait plus. Ses yeux étaient rivés sur un papier posé sur le bureau. Sarah essaya de deviner de quoi il s'agissait mais elle y renonça devant l'incroyable chaos dans lequel elle avait laissé sa table.

— Lâchez-moi, James. Vous me serrez trop fort.

— Excusez-moi. Un moyen détourné d'essayer de vous convaincre de venir avec moi. Vous n'avez pas changé d'avis?

— Non.

— Mais vous seriez prête à aller à Mildenhall?

— Oui, parce que votre sœur y est.

Les traits de James se durcirent.

— Vous n'avez pas besoin de chaperon quand vous sortez avec Paul!

— Je ne passe jamais la nuit avec lui, précisa-t-elle gentiment.

— Oh! Je vous en prie... N'allez pas prétendre que tous ces hommes qui tournent autour de vous se contentent de quelques baisers!

Sarah s'efforça de rester calme. Elle aurait aimé trouver la force de lui répondre vertement. Pourquoi imaginait-il si faussement sa relation avec les hommes ?

Pour apaiser sa nervosité, elle rassembla lentement ses longs cheveux et les noua sur sa nuque en un chignon retenu par trois barrettes. James la contemplait en silence. Elle crut qu'il allait s'excuser. Il n'en fit rien.

— Eh bien ? dit-il.

Elle eut un sourire forcé. Ses yeux verts parurent s'éclaircir, devenir de glace.

— Deux poids, deux mesures, n'est-ce pas ? Combien de femmes avez-vous tenues dans vos bras avant moi ?

Elle regretta immédiatement ces mots. Oh ! Pourquoi fallait-il qu'elle livre une guerre stupide au seul homme qu'elle ait jamais désiré ? Oui, il était le premier. Le premier dont elle rêvait de sentir le poids sur elle dans le secret d'un lit.

— Non, ne répondez pas ! s'écria-t-elle aussitôt. Je ne veux pas le savoir.

Le regard énigmatique de James ne livrait rien de ses pensées.

— Très bien, mademoiselle Gilbert, finit-il par murmurer. Je suis prêt à toutes les concessions. Que dois-je faire pour devenir votre amant ?

La franchise de cette question la laissa sans voix.

— Vous... Je... je ne sais pas !

— Vous n'êtes pas cohérente, Sarah, reprit-il avec douceur. Vous ne me permettez pas d'agir à ma guise et vous ne me dites pas non plus comment vous plaire. Laissons aux autres le privilège des fleurs et des boîtes de chocolats. Je vous embrasse pour vous prouver mon désir, mais vous ne me croyez pas ! Enfin, vous refusez de m'accompagner en Hollande à cause des ragots ! Je vous le demande, conclut-il avec une véhémence comique, qu'allons-nous devenir ?

Amusée par cette caricature de plaidoirie, Sarah commença à reboutonner son manteau. Puis elle écrivit un mot sur une feuille de papier qu'elle accrocha sur la porte du bureau à l'intention d'éventuels visiteurs. Et, se tournant vers James, elle déclara :

— Je vous accompagne à Heckington.

Le ciel était bas sur le paysage sans relief. Mille pensées confuses assaillaient Sarah. Des états d'âme contradictoires la déchiraient. Le baiser qu'ils avaient échangé dans son bureau l'avait laissée dans une sorte d'indolence un peu triste.

— On se croirait en Hollande, ici, fit remarquer James en rompant le silence.

Pour éviter toute allusion à leur dernière querelle, Sarah se mit à jouer les guides touristiques.

— Oui, les pignons des maisons sont très typiques. Aux seizième et dix-septième siècles, les allées et venues entre Boston — alors l'un des ports les plus importants du pays — et les Pays-Bas étaient très fréquentes. Beaucoup de Hollandais vinrent s'installer dans la région et aidèrent à combler les marécages pour les rendre cultivables. Ce fut sans doute sur leur initiative que vos ancêtres partirent pour l'Amérique. La vague d'émigration venue de l'est balayait tout le monde !

— Le paysage est assez déprimant...

— Vous devriez le voir en été, quand les champs de blé s'étendent à perte de vue, tout dorés... Regardez, voici le moulin !

Il arrêta la voiture près de la vieille bâtisse. Immobiles, les huit ailes du moulin donnaient la pénible impression de n'avoir pas tourné depuis des années. Sarah descendit de voiture, guettant inconsciemment le bruit du grain broyé sous la meule.

— Je l'ai vu marcher, autrefois, fit-elle.

Elle grimpa les trois marches de pierre qui précédaient la porte. Celle-ci céda sous une légère pression. Dans la pénombre, plusieurs paires d'yeux presque phosphorescents la fixèrent, puis il y eut une galopade. Cinq ou six chatons, peureux et hérissés, frôlèrent ses jambes pour fuir leur cachette découverte.

— Leurs yeux sont vraiment jaunes ! s'étonna-t-elle en se tournant vers James qui l'avait suivie.

Elle s'élança à leur poursuite pour les rattraper et les remettre à l'abri.

— Ils vous ressemblent quand vous battez en retraite, fit-il remarquer.

Il l'aida en riant à rassembler toute la petite famille féline. Quand les cinq chatons furent rentrés dans le moulin, il referma la porte.

— Mais vos yeux ne sont pas jaunes, ils sont verts, ajouta-t-il en lui caressant la joue. Et quand vous êtes dans les bras d'un homme, ils sont aussi verts que l'herbe de votre verte Angleterre !

72

— Et quand je suis en colère?

— Je ne sais pas encore. J'ai bien le temps de le découvrir!

Sarah eut envie de poser une autre question. Le temps? Il leur était compté, et chaque instant passé près de James lui donnait l'impression d'un sursis toujours plus court.

— L'église d'Heckington n'est plus très loin, dit-elle seulement en s'installant dans la voiture. Allons-y!

## Chapitre six

Sarah admirait la magnificence des églises du comté de Lincoln mais elle n'aimait pas la couleur de leurs pierres d'un gris-brun terne. Celle d'Heckington ne faisait pas exception. Bien que de proportions grandioses, elle n'était pas très attirante.

James y entra immédiatement tandis qu'elle s'attardait dans le cimetière adjacent. Elle avait froid.

— Vous êtes censée effectuer des recherches ! lui lança-t-il bientôt.

Il l'attendait sous le porche où elle le rejoignit.

— Les archives ne sont plus ici, fit-elle, soudain très lasse. On les a transportées à Lincoln, mises en microfiches...

— Je veux vous faire mentir, annonça-t-il en lui tendant la main. J'ai un bon pressentiment. Suivez-moi.

Elle lui emboîta le pas, engourdie par une léthargie qu'elle attribuait à la présence de James, trop émouvante pour elle.

Sous le maître-autel, dans une crypte, ils découvrirent des tombeaux médiévaux. Leurs pas résonnaient curieusement parmi tous ces gisants de soldats comme endormis à l'emplacement où on avait enseveli leurs dépouilles. Au mur, une fresque au dessin naïf, maladroit, retraçait la crucifixion et, au-dessus, trois femmes et un ange. A la lueur des bougies qui éclairaient la crypte, des ombres dansaient sur les couleurs presque effacées par le temps.

— Avant de rentrer aux Etats-Unis, dit James, je tiens à visiter toutes les églises de la région. Elles sont pleines de trésors.

Sarah hocha distraitement la tête, l'esprit ailleurs, désolée maintenant d'avoir refusé de l'accompagner en Hollande. Et il parlait de son retour dans son pays, de cette autre vie à laquelle elle ne prendrait jamais part.

— Regardez ! s'exclama-t-il soudain.

Sur une plaque de bronze érodée par le temps et scellée dans le mur, il lui montrait une inscription à peine lisible. Des noms. Sarah se pencha et les déchiffra un à un.

— Vous aviez raison, fit-elle enfin. Cette liste nous apprend que votre famille vient bien d'Heckington. Vous pourrez remercier votre mère de vous avoir mis sur la piste ! Je m'étais imaginé que vos ancêtres étaient des paysans de la côte est de l'Angleterre... A moins qu'ils ne soient venues des Pays-Bas ?

Comme James s'apprêtait à la questionner, elle ajouta :

— Ne me demandez pas comment j'étais arrivée à ces conclusions. Ce serait beaucoup trop long à vous expliquer. Et j'ai un peu honte de m'être trompée !

— Mes ancêtres faisaient donc partie de cette paroisse ?

— C'est ce qu'on dirait. Et cela remonte au quinzième siècle !

Désignant un caveau chargé de feuillages et d'angelots sculptés, elle précisa :

— Le seigneur Richard de Potesgrave est enterré ici. Si votre ancêtre était de ses compagnons, il y a de grandes chances pour qu'il ait été, lui aussi, enseveli dans ce tombeau.

James caressa la plaque de bronze en un geste presque amoureux.

— Un ascendant, compagnon d'armes d'un seigneur... L'histoire plaira à ma mère. Pourrez-vous le prouver ?

— J'y parviendrai, murmura Sarah qui luttait encore contre son étrange torpeur. Grâce aux archives juridiques du roi Edward II. Elles sont difficilement déchiffrables, cela me prendra longtemps. N'attendez pas de miracle.

— Avec vous, je ne sais jamais à quoi m'attendre...

Ils se dévisagèrent à la faible lumière mouvante des bougies.

— Je reviendrai voir le vicaire, dit-elle.

— Pourquoi ne pas le rencontrer immédiatement ?

— Il est préférable de prendre rendez-vous. Vous, les Américains, vous avez la manie de toujours vouloir précipiter les choses.

La pâleur soudaine de James l'étonna.

— Vous me voyez encore comme un Américain, n'est-ce pas ? Vous refusez de me considérer comme un individu.

Cette accusation coléreuse la laissa un instant sans voix.

— Eh bien... Vous n'êtes pas anglais !
répondit-elle.

Ils se turent. Intérieurement, Sarah tentait de dominer une tristesse inaccoutumée.

— Je retourne à la voiture, annonça-t-elle.

— Vous ne vous sentez pas bien ?

— Quelle idée ! Je vais très bien, assura-t-elle plus sèchement qu'elle ne l'aurait voulu.

Tout à coup, il la regardait avec un intérêt amusé.

— Je sais ce que vous avez, déclara-t-il d'un ton un peu supérieur. Je vous ai amenée à Heckington contre votre gré, et vous auriez préféré faire autre chose avec moi...

— Quoi donc ?

— Dois-je vraiment vous le dire ? murmura-t-il.

Elle frissonna lorsqu'il lui prit la main et la caressa d'un doigt lent et sensuel. Quelques minutes plus tôt, elle était glacée. A présent, elle n'aspirait qu'à un peu d'air frais comme si cela pouvait éteindre le brasier qui couvait en elle. Comment devinait-il son désir ? Cela se voyait-il tellement ? Ou bien James avait-il l'habitude de produire cet effet sur toutes les femmes ?

Brûlante, marchant un peu comme une somnambule, elle sortit de l'église en bavardant à tort et à travers et sans que les paroles qu'elle prononce s'impriment dans sa mémoire. De quoi parlait-elle ? Du temps ? Des sculptures de la crypte ?

— Peut-être l'artisan était-il de vos ancêtres, s'entendit-elle conclure.

— Dans ce cas, c'était plutôt un artiste qu'un artisan.

— Autrefois, on ne faisait aucune différence entre les deux. Où allons-nous, maintenant ?

— A la maison, répondit-il.

Mais il n'habite pas en Angleterre, songea-t-elle amèrement. Pour elle, « à la maison » signifiait là où demeurent ceux qu'on aime.

— A la maison ? répéta-t-elle.

— Chez vous.

Devant la voiture, il lui ouvrit la portière et l'invita à s'installer. Elle s'assit le plus loin possible de lui, réprimant une folle envie de poser la main sur son bras et de le caresser, tout simplement. Pour le plaisir. Ce geste presque innocent, mais qu'elle s'interdisait, devint rapidement une obsession.

— Que ferons-nous chez moi ?

Elle regretta aussitôt sa question.

— Si nous parvenons à rester sages, vous m'offrirez une tasse de thé que nous dégusterons avec quelques toasts. Ensuite, je vous emmènerai dîner, vous voulez ?

— Volontiers.

Rester sage ? pensa-t-elle ironiquement. Elle pourrait peut-être s'empêcher de faire les premiers pas, mais elle craignait d'être incapable de lui résister au moindre regard...

La géographie de Boston n'avait déjà plus de secret pour James. Il se gara dans une ruelle étroite que peu de gens connaissaient, juste derrière la maison. Ils allèrent jusqu'à la porte qu'il ouvrit après avoir pris d'autorité les clés des mains de Sarah qui, désemparée, ne parvenait pas à reprendre le contrôle de la situation. Elle entra chez elle comme dans une demeure étrangère et resta plantée au milieu du salon.

Indécise sur la conduite à adopter, incapable du moindre geste, elle oublia de préparer le thé.

Mais James débordait d'énergie. Avant même qu'elle n'ait enlevé son manteau, il avait allumé le gaz et mis la bouilloire à chauffer.

— Il faut du beurre pour les toasts, dit-il en ouvrant le réfrigérateur. J'espère que vous n'êtes pas de ces excentriques dont le frigo est toujours vide ?

Elle le rejoignit à la cuisine.

— Il y en a, fit-elle en tirant une plaquette d'un compartiment de la porte. Du beurre de Nouvelle-Zélande. Je n'en ai pas d'autre !

— Nous nous en arrangerons, concéda-t-il avec un sérieux que démentait la lueur amusée qui brillait dans ses prunelles. Votre chauvinisme comme le mien vont en prendre un coup. Mais qu'à cela ne tienne, nous ne vivons pas en autarcie !

Il avait branché le grille-pain et ouvrait tous les placards à la recherche des tasses.

— Vous ne faites pas de réserves d'épicerie, remarqua-t-il.

— Le quartier est bien approvisionné. Je fais mes courses au jour le jour.

— Quand vous ne dînez pas dehors avec l'un de vos nombreux soupirants.

— Evidemment.

Il insistait. Sans beaucoup de tact. Sarah jugea le moment opportun pour en finir avec le chapitre de ses amitiés masculines. Résignée à s'expliquer une fois de plus, elle ouvrit la bouche :

— Paul et moi...

— Avec qui d'autre passez-vous vos soirées ? interrogea-t-il de plus en plus inquisiteur.

Mais quelle mouche le piquait dès qu'il était question de ses amis ? Croyait-il donc qu'elle n'avait jamais fréquenté personne avant le jour radieux où il était entré dans son bureau ?

— Avec la moitié de la ville, je suppose, poursuivit-il. Avec toute la population masculine, n'est-ce pas ?

— Bien sûr !

— Sans compter Alan et Simon pour occuper vos week-ends.

— J'aime m'amuser, dit-elle, furieuse et provocante.

Ayant disposé tasses, beurre, sucre, toasts et théière sur un plateau, James le porta au salon. Son visage exprimait une détermination inquiétante. Quant à Sarah, elle tentait désespérément de dominer sa fièvre, de contrôler ses émotions soudain débridées. James n'était que dynamisme et élégance. Ses mouvements la fascinaient. Et il lui semblait que, plus jamais, elle ne connaîtrait la paix de sa conscience et de ses sens.

Il s'assit sur la moquette, tout près d'elle, et la regarda beurrer un toast.

— Si vous aimez vous amuser, c'est avec moi que vous y parviendrez le mieux, affirma-t-il non sans arrogance. Et ensuite vous n'aurez plus le temps ni le désir de vous tourner vers les autres hommes.

— J'ai toujours du temps pour mes amis !

Il haussa les épaules avec une insolence qui donna à Sarah une terrible envie de lui jeter sa tasse de thé au visage.

— J'ai oublié la marmelade ! s'écria-t-il. Je ne peux pas m'en passer sur les toasts. Où est-elle ?

Evitant soigneusement de lever les yeux vers lui, elle le lui indiqua. Elle savait qu'il suffirait qu'elle le regarde pour que toute colère disparaisse en elle. Et il ne fallait surtout pas lui offrir une nouvelle victoire. Celle de savourer le pouvoir qu'il exerçait sur ses sens.

Plongée dans ses pensées tumultueuses, elle ne l'entendit pas revenir de la cuisine. Une caresse sur sa nuque la fit sursauter. La main douce de James dénouait ses cheveux, qui retombèrent sur ses épaules. Les barrettes se perdirent sur la moquette. Il soupira de satisfaction.

— C'est bien mieux ainsi...

Elle lui jeta un regard farouche.

— Ne perdez pas mes barrettes, je vous prie.

Il les ramassa et les déposa sur la table basse.

— Jusqu'ici, je ne savais comment qualifier la couleur exacte de vos cheveux. Ils sont d'un blond légèrement vénitien. Un blond très chaud, presque cuivré.

— C'est difficile à voir quand ils sont coiffés en chignon. Et, bien sûr, la couleur de mes cheveux est une question d'une importance capitale ! dit-elle, caustique.

— Vous êtes très belle quand ils sont libres, répondit-il en ignorant ses sarcasmes.

— Je n'en doute pas ! Cependant, ce n'est pas une coiffure très pratique...

Elle continuait à ironiser quand soudain, oubliant sa résolution de ne pas le regarder, elle vit son sourire bouleversant. Comme hypnotisée, elle se tut, incapable de faire un mouvement.

— Vous me rendez fou, Sarah, murmura-t-il. Nous pouvons prendre le thé plus tard...

Troublée à l'extrême par tant de franchise, elle balbutia :

— Non... Il faut le boire chaud... Il... ce serait dommage...

— ... de ne pas faire ce dont nous avons réellement envie en ce moment.

— Vous vous imaginez vraiment que je partage le lit de tous les hommes que je rencontre ? se désola-t-elle. C'est totalement faux ! Qu'est-ce qui a bien pu vous faire croire une chose pareille ?

Elle avait secoué la tête et une mèche blonde voilait maintenant la moitié de son visage. James la fixait avec incrédulité.

— Tous vos soupirants ne seraient donc que des amis ?

— Bien sûr que oui !

— Vous accepterez de faire une petite exception pour moi, dites ?

Il ne la croyait pas. Il n'avait rien compris. La gorge nouée, Sarah pouvait à peine parler. De toute façon, qu'elle dise oui ou non, elle se trahirait. Il lui semblait qu'elle avait perdu toute raison au profit de ses sens, que sa volonté était totalement annihilée.

Elle le désirait passionnément mais rien au monde ne le lui ferait admettre de vive voix.

— Alors ? insista-t-il en laissant une main se perdre dans sa chevelure. Jusqu'où êtes-vous prête à aller avec moi ? Seulement quelques baisers ?

Elle lui répondit avec une sincérité brute qui la stupéfia elle-même.

— Je ne crois pas que nous en resterions là.

— En effet. Vous êtes belle, Sarah. J'ai terriblement envie de vous.

Bondissant sur ses pieds, elle échappa aux bras qui tentaient de l'étreindre.

— Vous resterez sur votre faim, affirma-t-elle d'une voix rauque. Je ne suis pas un passe-temps, et je ne me donne pas à qui le demande ! Quoi que vous en pensiez. Je crois à l'amour et je ne m'imagine pas dans un lit avec un homme que je n'aimerais pas.

— Qui vous parle de cela ? dit-il en la rejoignant. Je crois pouvoir me faire aimer de vous, Sarah. Me repoussez-vous encore ?

Le cœur battant, les tempes bourdonnantes, elle s'efforça de parler le plus froidement possible.

— Vous me surprenez, James. Vous tenez vraiment à me partager avec tous ces autres hommes ?

— Non, mon amour. Oh ! non... Je m'assurerai l'exclusivité... et sans peine.

Confondue par tant de suffisance, elle le dévisagea longuement. Au fond, elle lui enviait sa confiance en lui, son calme. Il prit son visage dans ses mains, le tourna lentement comme pour l'exposer à la lumière et mieux déchiffrer ses pensées. Le regard perdu de Sarah trahissait toute son incertitude, l'agitation de la passion en elle.

— Vous ne me croyez pas ? dit-il d'un ton accusateur.

D'un geste rageur, elle libéra son visage.

— Pas une seconde ! Et vous mentez aussi quand vous prétendez me désirer. Comment un homme, tel que vous, pourrait-il convoiter ce que tous les autres ont déjà obtenu ?

Ce mensonge insolent, provocant, proféré avec une apparente franchise, atteignit son but. James s'assombrit, puis il secoua lentement la tête d'un air perplexe, comme s'il cherchait encore à percer le secret de Sarah.

— Vous persistez à dire qu'il n'y a pas d'autre homme dans votre vie ?

— Et vous ? Persistez-vous à ne pas me croire ?

La colère de James s'évanouit instantanément. La prenant par la taille, il l'attira contre lui. Elle tressaillit. Chacun des gestes de cet homme allumait un feu nouveau dans son corps rebelle.

Pourquoi lui ? Pourquoi pas un autre ? Un autre face auquel elle aurait su comment se comporter ? Un homme comme Paul...

— Sans remords ? murmura-t-il.

La sensualité avec laquelle il la berçait contre lui ne faisait qu'attiser le supplice.

— Etes-vous sincère en me repoussant ? Ou bien n'obéissez-vous qu'à une morale toute féminine ?

— Vous savez tout sur ce sujet. Les femmes n'ont pas de secret pour vous !

— Je ne peux affirmer que vous êtes la première à m'attirer.

Oh ! oui, il y en avait eu d'autres ! Une foule d'autres... Mais elle ne risquait pas de lui demander une liste détaillée. Elle ne tenait pas à passer pour simplette ou jalouse, ni à lui laisser entendre que sa joie de vivre, son bonheur dépendaient désormais de lui. Et de lui seul.

— Je ne serai pas la prochaine, fit-elle tout bas.

Sa voix tremblante l'affola et, le repoussant, elle prit fébrilement un toast qu'elle tartina maladroitement de marmelade d'orange.

Lentement, mais sans qu'elle puisse prévoir son geste, James lui enleva le toast des mains et le reposa sur le plateau. Puis, à nouveau, il la saisit par la taille et la serra contre lui. Impérieux, mais sans violence, il s'empara de sa bouche.

Leurs souffles se mêlèrent. Sarah gémit quand les douces courbes de son corps se fondirent contre la solide carrure de l'homme qui l'étreignait. Doucement, avec une sorte de gourmandise, la langue de James glissa sur ses lèvres brûlantes, s'immisça entre elles avec une sensualité qui la fit défaillir. Puis ce fut comme s'il la possédait tout entière.

Vaincue, abandonnée, elle se pendit à son cou, agrippa ses épaules, explora ce dos dont chaque muscle évoquait une force, une puissance qui la fascinait. Elle perdit ses doigts fiévreux dans ses cheveux noirs comme l'ébène, drus...

Un instant, James éloigna son visage du sien pour la regarder intensément. Et elle sut qu'au-delà de leurs querelles ils se reconnaissaient, vacillaient tous deux sous l'évidence d'une passion commune, d'un plaisir qu'ils souhaitaient chercher ensemble, partager, se donner mutuellement.

— Tu pourrais bien être celle que j'ai cherchée toute ma vie, dit-il presque avec violence. Laisse-moi t'aimer, Sarah.

Le visage éperdu de la jeune femme se refléta

dans ses prunelles sombres. Elle recula, épouvantée soudain par la force de ce besoin qu'ils avaient l'un de l'autre, et que plus rien ne pouvait démentir ni cacher.

Elle en aurait pleuré. D'émotion, de détresse. Fermant les yeux, elle secoua à peine la tête.

— M'aimer... et me quitter ?

— Vous avez le droit de changer d'avis et de m'accompagner en Hollande.

Cette fois, elle s'échappa tout à fait de ses bras. Comme elle aurait aimé être capable de se donner à lui sans appréhension du lendemain, sans souffrir à l'avance de l'impossibilité de leur avenir.

— Je ne peux pas ! cria-t-elle.

Aussitôt, ses propres mots la déchirèrent.

— Vous ne pouvez pas ou vous ne voulez pas ?

— Les deux, avoua-t-elle. Ma vie se passe ici. Mes amis sont ici. Je ne suis pas en exil consenti ni libre de mes actes comme vous.

— Je reste en Europe au moins un an !

— Et moi, j'espère vivre jusqu'à quatre-vingt-cinq ans ! répliqua-t-elle avec une ironie douloureuse.

Les yeux de James se fermèrent à demi.

— Si je vous comprends bien, vous faites allusion au mariage... Je me trompe ?

— Est-ce honteux ?

— Non. Mais il s'agit d'une autre conversation. Si je me marie un jour, je veux être le seul homme dans la vie de ma femme.

Cette nouvelle allusion à la vie dissipée qu'il lui prêtait laissa Sarah pantelante. Ses yeux la brûlaient, comme si elle allait éclater en sanglots. Pourquoi revenait-il toujours sur ce sujet ?

— Il est temps que vous partiez, parvint-elle à articuler, la gorge sèche.

Il n'eut le temps ni d'acquiescer ni de protester. Le bruit d'une clé tournant dans la serrure de la porte d'entrée les fit tous deux sursauter.

La porte s'entrouvrit. Ils regardèrent de ce côté. Incapable de parler ou de bouger, Sarah eut soudain très peur. Personne n'avait le droit de pénétrer ainsi chez elle.

La tête ronde de Richard apparut dans l'entre-bâillement.

— Sarah ? Tu es là ?

Sans répondre, elle enfouit son visage dans ses mains.

Elle entendit des bruits de pas qui se croisaient, se précipitaient. Un coup sourd.

Quand elle releva la tête, James avait disparu.

Par terre, allongé sur le dos, Richard essayait de retrouver son souffle.

## Chapitre sept

— Qu'est-ce qui lui prend ? gémit Richard. Il a mangé du lion, ton Américain ?

Il frottait sa mâchoire endolorie. Sans aucune conviction, Sarah balbutia quelques mots d'excuse pour James.

— J'ai interrompu un doux entretien, c'est ça ?

— Pas vraiment.

— Mmmm... fit-il, sceptique. Tu en fais une tête, ma pauvre Sarah. Vous vous êtes disputés ?

Il ne cessait de se frotter la joue.

— C'est à peine si je l'ai vu passer... poursuivit-il.

— Il a dû te prendre pour un cambrioleur, suggéra-t-elle, désireuse de clarifier la situation. Mais que fais-tu ici ?

— Ta concierge m'a dit que tu étais sortie. Comme elle me connaît, elle m'a proposé de monter chez toi pour t'attendre, et m'a donné la clé en me faisant promettre de la lui rendre immédiatement. C'est une vraie mère pour toi, tu sais. Figure-toi qu'elle m'a même ordonné de ne pas m'attarder et de te laisser te reposer à ton retour ! Tu travailles énormément, paraît-il.

Sarah aurait beaucoup donné pour que James

entende les explications de Richard. Cette chère M<sup>me</sup> Vermuyden ! songea-t-elle. Effectivement, une vraie mère pour moi... mais je ne devrais peut-être pas lui présenter mes amis...

Le comble était qu'elle avait volontairement omis de présenter James à sa brave concierge, préférant épargner à celui-ci les sous-entendus et les conseils peu discrets sur la façon de se bien conduire avec les jeunes filles...

Elle le regrettait, à présent. S'il avait connu son chaperon, James aurait compris qu'il lui était impossible de recevoir chez elle tous les amants qu'il la soupçonnait d'avoir. Mais tout cela n'avait plus d'importance. Elle ne le reverrait sans doute jamais.

Debout depuis un moment, Richard cherchait encore son souffle.

— C'était bien le type qui est venu à ton bureau le jour où tu m'as appris que le terrain m'appartenait ? L'Américain ?

— Oui. Il vient de Boston, aux Etats-Unis.

— Pas commode !

— Nous ne savions pas qui ouvrait la porte...

Inutile de tout raconter à Richard. Il n'avait pas besoin de savoir qu'il était tombé en pleine querelle amoureuse et que son apparition avait confirmé avec éclat les soupçons de James.

— Tu trouves que c'est une raison pour m'assommer ? Si tous les Américains sont aussi violents...

— Tout est de ta faute, Richard, répondit-elle en haussant les épaules. Tu aurais tout de même pu sonner avant d'utiliser la clé.

— Je m'en souviendrai à l'avenir, fit-il piteusement. Je crois bien que j'ai la mâchoire cassée !

Si je m'écoutais, j'irais tout de suite rendre la politesse à ce monsieur.

Gros et maladroit, Richard ne ferait jamais le poids face à James. Mais Sarah n'avait pas envie de lui enlever ses illusions. Après tout, il était tout ce qui lui restait.

— Alors, reprit-elle, pourquoi voulais-tu me voir ?

— L'avocat demande une copie de mon arbre généalogique. En tant que partie désintéressée, tu dois la certifier conforme. Une parente très éloignée exige encore la moitié de la propriété pour son fils. J'espère que tu ne t'es pas trompée...

— Non, Richard. Tu es bel et bien l'unique descendant mâle en ligne directe.

— La parente en question va sans doute faire valoir un fait que nous ignorons.

— Je suis prête à comparaître comme témoin au procès, s'il le faut, lui assura-t-elle.

Retrouvant toute sa bonne humeur, il se mit à batifoler comme un jeune chien lourdaud.

— Oh ! Tu es adorable. Je n'en attendais pas moins de toi. Tu sais, pour tout à l'heure... je regrette d'être arrivé au mauvais moment.

— Et moi, je suis désolée pour ta mâchoire.

— Puis-je arranger les choses d'une façon ou d'une autre ?

— Non.

Elle n'était pas prête d'oublier le vilain tour qu'il venait de lui jouer, même involontairement.

— Si ! Je vais aller voir ton Américain et tout lui expliquer...

Sous ses airs bêtes, le gros Richard devenait

perspicace... Il avait deviné la vraie raison de la colère de James.

— C'est inutile. Il ne te croira pas.

Il parut si ahuri qu'elle faillit éclater de rire. Les sourcils froncés, comme s'il ne parvenait pas à ordonner les idées dans sa tête, il était vraiment comique. Oui, et Sarah était au bord des larmes.

— Que se passe-t-il exactement entre vous ? lui demanda-t-il.

— Rien.

— Rien ? Et je provoque un désastre en entrant chez toi à l'improviste ?

— Disons que... tu as été la goutte d'eau qui...

— ... fait déborder le vase ?

— Exactement. Il croit que je suis la maîtresse de tous les hommes de Boston.

— Plutôt flatteur. Les jolies filles ne manquent pas ici. Ainsi, il n'a d'yeux que pour toi... En tout cas, il est complètement fou !

— Va le lui dire. Non... ne dis rien.

— Mais, Sarah, je ne te comprends pas... commença-t-il, rouge de confusion. Sans vouloir prêter l'oreille aux ragots, je... je croyais, comme tout le monde en ville, que toi et Paul... Enfin que Paul passait en premier. Que pense-t-il, lui, de cet Américain ?

— Cesse de l'appeler ainsi, s'exclama-t-elle, irritée. Il est américain, c'est vrai, mais ça ne l'empêche pas d'avoir un nom !

— Tu es bien susceptible, tout à coup, fit-il naïvement remarquer. Enfin, quoi ? Qu'est-ce que ça peut bien te faire qu'on l'appelle comme ci ou comme ça ?

92

— Nous parlons d'un individu, pas d'un pays. Il s'appelle James-Foxe !

Brusquement, elle se souvint qu'un instant plus tôt James lui reprochait de ne pas le considérer comme un être à part entière... Et voilà qu'elle abondait dans son sens, qu'elle le défendait ! Plus jamais, elle en avait la conviction, il ne serait « l'Américain ». Il était James. Et c'était tout. Et c'était merveilleux.

— Il est temps que je parte, fit Richard.

Puis, le regard un peu fuyant, il ajouta :

— Comment se fait-il que cet Amér... pardon ! que ce James Foxe soit si vite devenu ton ami ? On dit que tu l'as emmené en week-end chez ta mère ? J'ai du mal à le croire. Toi qui prétends toujours ne pas confondre ton métier avec ta vie privée !

A nouveau, elle était mise en position de se défendre.

— J'ai pensé qu'il se sentait un peu perdu, tout seul en Angleterre...

— Et c'est pour ça que tu l'as présenté à ta famille ? Rien de plus logique, en effet !

Hochant la tête, prête à perdre patience, elle prit soudain conscience de ses cheveux défaits. Cette masse blonde emmêlée la trahissait, c'était sûr ! Prenant ses barrettes sur la table basse, elle entreprit fiévreusement de se recoiffer. Richard avait remarqué son trouble... Mais quelle importance ? Il la soupçonnait déjà de tous les péchés, lui aussi. Il fallait qu'elle mette les choses au point, sinon il irait raconter partout qu'il l'avait surprise avec « l'Américain ».

— Tu comprends, la sœur de James vit tout près d'ici, à Mildenhall. Je l'ignorais et je l'ai rencontrée chez ma mère qui l'avait invitée à prendre le thé. Ce soir, avec James, il s'agissait d'une rencontre amicale. Tu vois ?

— Et maintenant, il s'immisce dans ta vie.

— Mais non ! Il est gentil, c'est tout.

Gentil ! Comme ce mot allait mal à James. Une rougeur subite envahit les joues de Sarah. Elle ne pouvait plus mentir.

— Il m'a embrassée, admit-elle. Mais c'est sans conséquence.

L'expression méprisante de Richard lui fit amèrement regretter son aveu.

— Paul n'apprécierait pas, fit-il avec une supériorité méchante qu'elle ne lui soupçonnait pas. Tu aurais dû lui dire ce qui se passait. Il doit s'imaginer...

Cette fois, c'en était trop. Les hommes allaient finir par lui faire croire qu'elle était réellement volage !

— Cette histoire ne regarde que moi ! Oublie tout, Richard, poursuivit-elle plus doucement. Aujourd'hui, James est ici. Demain, il partira. Il n'est pas un fauteur de troubles.

— Si tu le dis...

Il parut se détendre un peu mais, au lieu de sortir, il se laissa tomber sur le divan.

— Je ne vais pas lui reprocher de t'avoir embrassée... Je me mets à sa place.

Ignorant délibérément ce commentaire, Sarah déclara d'un air innocent :

— Les Américains sont plus... fonceurs que nous.

— Je suis bien de cet avis, acquiesça-t-il en passant de nouveau la main sur sa mâchoire endolorie. Et puis, on s'en rend compte dans leurs films...

— Bon, l'interrompit-elle, exaspérée par cet étalage de généralités. Il n'y a pas de mal.

— Tout compte fait, je suis bien content d'être arrivé à temps... Les types dans son genre sont une véritable calamité. Toutes les femmes leur tombent dans les bras! J'ai une idée... Si tu bâclais un peu le travail que tu fais pour lui? Une fois n'est pas coutume. Et ainsi il disparaîtrait rapidement.

— Certainement pas! Ce serait manquer de conscience professionnelle. Tu oublies que je passe des annonces dans la presse américaine et australienne. Une mauvaise réputation se répand rapidement. Je ne veux pas perdre mes éventuels clients!

— Message reçu, grimaça Richard. Je ne soufflerai mot de cette histoire à personne. Pas même à Paul. Tu serais capable de te venger en refusant de témoigner à mon procès! ajouta-t-il en riant. Mais sois prudente, Sarah. Ces gens-là parlent la même langue que nous mais un océan et quelques siècles d'histoire nous séparent. Les mots n'ont pas le même sens chez eux et chez nous.

— Je m'en souviendrai, promit-elle, très calme.

Elle se demandait surtout si le pauvre Richard avait fréquenté beaucoup d'Américains. Il lui jeta un coup d'œil méfiant, comme s'il avait deviné ses pensées.

— Que fait-il en Europe, au juste?

— Il est rattaché à la Cour internationale de justice de La Haye.

— En tant que juge?

— Non. Il est avocat.

Ils échangèrent un vague regard.

— Dommage, reprit Richard. J'aurais bien aimé rencontrer un juge. C'est un beau métier.

Sans doute, se dit Sarah. Mais elle s'en moquait. James resterait toujours pour elle l'homme qui l'avait prise dans ses bras et embrassée jusqu'à lui faire perdre la tête. Et puis, les juges étaient pour elle des individus réfléchis, sages. Des gens qui ne se laissaient pas aller à donner un coup de poing à quelqu'un sans l'avoir entendu, sans lui avoir permis de se justifier. Ils n'étaient sûrement pas coléreux, ni passionnés, ni jaloux...

Jaloux? Le cœur de Sarah bondit sous le choc de la révélation. Si James avait frappé Richard par jalousie, il éprouvait donc pour elle un sentiment très fort? Un instant, elle se berça d'espoirs et de rêves. Mais la réalité reprit ses droits : un homme souhaite marquer son territoire où qu'il soit, et l'enjeu de son combat avec les autres n'est pas forcément d'ordre affectif.

Richard finit par lui dire bonsoir et par se diriger vers la porte. Elle soupira profondément en la refermant sur lui. Voilà un homme reposant, se dit-elle. Sans complication, simple. Mais tellement ennuyeux !

Cette nuit-là, elle eut du mal à trouver le sommeil. Comment convaincre James qu'il se trompait sur son compte ? Elle échafauda mille hypothèses. Mais chaque solution se heurtait au même obstacle : James ne réapparaîtrait certainement jamais. Et c'était mieux ainsi. C'était très bien. Elle reprendrait sa vie. Indépendante et calme.

La semaine s'étirait en longueur, sinistre. Le temps gris, humide et froid s'harmonisait parfaitement avec l'humeur de Sarah. Elle avait l'impression de vivre sous terre, comme une taupe, obligée toute la journée de travailler à la lumière électrique.

Le mardi soir, elle se força à rejoindre ses amis. Mais la chanson qu'elle venait de composer ne trouva pas grâce à leurs yeux et Paul était d'une humeur massacrante.

— Que t'arrive-t-il ? demanda-t-il sur le chemin du retour. Personne n'a envie d'apprendre un chant funèbre, à cette époque de l'année ! D'habitude, tu proposes des mélodies plus joyeuses.

— Je pensais que ça nous changerait un peu...

— On aimerait surtout te voir meilleure mine. C'est à cause de cet Américain, n'est-ce pas ?

— Pas du tout !

Elle n'aurait su dire si elle était blessée par la perspicacité de Paul ou parce qu'elle venait encore d'entendre James qualifié d'Américain. James... Il l'obsédait. Elle ne pouvait penser qu'à lui. Son image la hantait jusque dans son sommeil. S'il réapparaissait à présent pour l'emmener en Hollande, elle accepterait sans hésiter.

— Réponds-moi, insista Paul d'un ton plus conciliant. Que t'arrive-t-il ?

— Je ne sais pas. Je dois subir l'influence de ce temps sinistre. Comme tout le monde.

Mais le temps n'était pour rien dans sa tristesse et ce n'était pas le ciel gris qui l'empêchait de travailler.

Un après-midi, en revenant à son bureau après

le déjeuner, elle y trouva Mary Beth. Sarah fit son possible pour dissimuler son émotion. Apparemment très calme, elle s'assit à sa table de travail et regarda la sœur de James de l'air le plus indifférent qu'elle put.

— Vous ne m'avez pas attendue trop longtemps, j'espère ?

— J'aurais patienté toute la journée s'il l'avait fallu, répondit gaiement Mary Beth. Je dois vous voir. C'est important.

— Oui ? fit-elle prudemment. Si c'est à propos de cette plaque dans l'église d'Heckington...

— Grands dieux ! non... C'est au sujet de James. Que lui avez-vous fait ?

Le visage de Sarah se rembrunit instantanément.

— J'ignorais lui... avoir fait quelque chose. Quant à lui... il a presque cassé la mâchoire de l'un de mes amis qui d'ailleurs aurait bien pu le poursuivre en justice pour coups et blessures volontaires !

Mary Beth réprimait un fou rire.

— Ce n'était pas très amusant, vous savez, précisa Sarah sèchement.

— Je vous crois volontiers. Pauvre James ! Surtout, ne lui dites pas que je suis venue vous voir pour vous parler de lui... Je peux compter sur vous ?

— Je n'aurai sans doute pas l'occasion de lui raconter quoi que ce soit.

— La situation est donc si grave ? Louise était radieuse, hier. J'ai cru qu'elle savait quelque chose... Quand elle m'a dit que James ne reviendrait plus à Boston, j'ai pensé que cette pauvre fille prenait ses désirs pour des réalités ! Sarah...

Vous aviez pourtant l'air de bien vous entendre, vous et mon frère ?

Apprendre que James avait parlé d'elle à Louise mit Sarah en fureur. C'était une trahison. Qu'il se soit confié à sa sœur, elle le comprenait, mais à Louise...

— Je ne crois pas avoir beaucoup compté pour votre frère, dit-elle du ton le plus détaché qu'elle put prendre. Qu'il retourne aux Etats-Unis avec Louise, avec qui il voudra ! Ça m'est égal...

— Il ne vous a pas avoué la raison de son exil volontaire, n'est-ce pas ? Il n'aime pas particulièrement la jurisprudence internationale. Il n'a quitté les Etats-Unis que pour se changer les idées. Celle qu'il devait épouser s'est mariée avec un autre, alors qu'elle n'avait pas semblé hésiter entre deux hommes, qu'elle n'en avait jamais parlé... Elle avait accepté sa bague, ils avaient fixé une date pour la cérémonie et puis, brusquement, elle a disparu, lui laissant un mot comme quoi elle était désolée, etc. James a souffert, se croyant amoureux d'elle. C'est pour ça qu'il a décidé de partir pour l'Europe.

— Cette histoire est très touchante, mais elle ne me concerne pas.

Mary Beth lui jeta un bref regard perçant et, un instant, Sarah reconnut une expression habituelle à James.

— Si j'en avais le droit, je vous secouerais un peu, Sarah Gilbert ! Bien sûr que vous êtes concernée ! Vous préférez que Louise vous le prenne ?

— On ne prend pas les gens, ils se donnent. Et si James la choisit...

— C'est vous qu'il veut !

Tout à coup très lasse, Sarah se laissa aller contre le dossier de son fauteuil.

— Il me veut pour une brève aventure. Rien d'autre. Peut-être même uniquement pour se venger de celle qui l'a quittée.

De sa main levée, elle prévint les objections de Mary Beth.

— Laissez-moi parler, je vous en prie. James n'a jamais prétendu le contraire. Il se fait des idées grotesques à mon sujet et ne veut rien entendre. Vous savez pourquoi il a assommé mon ami Richard ? Parce qu'il l'a pris pour un de mes nombreux amants !

— Quel idiot ! Il suffit de vous regarder pour savoir que vous n'êtes pas ainsi.

Songeuse, elle dévisagea Sarah.

— Au fond, je le comprends. Sa fiancée, Jenny, affectait une superbe innocence. On lui aurait donné le bon Dieu sans confession...

— Mais je n'ai rien à voir avec cette Jenny ! Et votre frère, avec son esprit tortueux, peut inventer tout ce qui lui plaira. Je m'en moque. Le désir de lier sa vie à quelqu'un doit être une évidence partagée, une aspiration à un bonheur commun.

— Oh ! Je suis tout à fait de cet avis ! affirma Mary Beth. J'ai pensé comme vous quand j'ai rencontré Pete. J'erre comme une âme en peine dès que nous sommes séparés, même quelques jours. James et Jenny n'étaient pas ainsi. Je la trouvais trop... pratique. Elle parlait sans cesse de la brillante carrière de James.

Sarah ne voulait plus entendre parler de cette Jenny. La seule idée que James en ait été amoureux lui donnait envie de pleurer. Et cette jalousie, aujourd'hui déplacée et sans objet, achevait de la désespérer.

— Je suis heureuse que vous soyez venue, dit-elle machinalement. Au cas où James ne réapparaîtrait pas, à qui dois-je envoyer l'arbre généalogique de votre famille ? A vous ou à votre mère ?

— Pourquoi ne reviendrait-il pas ?

— Parce qu'il n'en a pas envie, voilà tout.

— Oh ! si... Et même si votre dispute a été très grave, il reviendra. Vous êtes celle qu'il lui faut, Sarah. De surcroît, vous êtes la première de ses amies pour qui j'éprouve de la sympathie.

Sarah eut un petit sourire triste.

— Un argument imparable ! Mais je doute que votre frère tienne compte de vos goûts. S'il vous plaît, donnez-moi l'adresse de votre mère...

— Certainement pas. Vous nous porterez les documents à Mildenhall. Pete et moi aimerions vous inviter un week-end. Quoi qu'en pense mon insupportable frère !

L'idée ne déplaisait pas à Sarah. A condition que James ne soit pas là, évidemment. D'un autre côté, si elle souhaitait réellement ne jamais le revoir, il était délicat de devenir l'amie de sa sœur.

— Réfléchissez à tout cela, insista Mary Beth en se levant. Et n'oubliez pas... pas un mot de cette conversation à James ! Il serait furieux s'il apprenait que je me mêle de ses affaires. Pardon, je veux dire... de sa vie. Il sait que je viens parfois à Boston en touriste. Que me conseillez-vous d'aller voir aujourd'hui, pour me fabriquer un alibi ?

Sarah se leva à son tour.

— Le Guild Hall Museum. Je vous accompagne.

— Ce n'est pas nécessaire.

— J'en ai envie.

Il faisait nuit quand les deux nouvelles amies se séparèrent, après un excellent après-midi.

— Si je disais à James que je vous ai vue ? demanda Mary Beth avant de monter en voiture.

— Non, s'il vous plaît. Ne lui parlez de rien. S'il veut me voir, il sait où me trouver. Au revoir. Soyez prudente sur la route !

Elles s'embrassèrent amicalement.

— Vous êtes attendue à Mildenhall, Sarah. Ne l'oubliez pas !

## Chapitre huit

On sonna plusieurs fois à la porte d'entrée. Sarah se retourna dans son lit et jeta un coup d'œil au réveil : six heures du matin. Un vendredi... Qui pouvait venir à une heure pareille ?

Elle quitta, de mauvaise grâce, la chaleur de son lit et enfila une robe de chambre pas très élégante mais confortable. L'aube naissait à peine. Elle sortit de son appartement et descendit l'escalier jusqu'à la porte d'entrée que M$^{me}$ Vermuyden verrouillait soigneusement après minuit.

— Qui est là ?

Pour toute réponse, on sonna à nouveau. A peine Sarah avait-elle fait jouer le verrou avec difficulté, que James poussait la porte et la claquait derrière lui.

— Montons chez vous, ordonna-t-il. Et vite. Je ne tiens pas à rendre des comptes à votre concierge !

Sarah non plus n'avait aucune envie d'affronter la redoutable M$^{me}$ Vermuyden que le bruit de la sonnette avait déjà dû réveiller. Elle imaginait trop bien la réprobation de son cerbère, la surprenant en robe de chambre, avec cet inconnu qui faisait un tel tapage !

— Que voulez-vous ?

— Vous.

Il s'élança dans l'escalier. Elle le suivit. Six heures du matin ! Etait-il devenu tout à fait fou ? Le temps qu'elle parvienne sur le seuil de son appartement, James était déjà à la cuisine. Il avait mis la bouilloire sur le feu. Il sifflotait.

— Mais que faites-vous ? demanda-t-elle en le rejoignant.

— Le petit déjeuner, dit-il avec un sourire radieux. Allez vous habiller, mon amour, et puis nous parlerons. Thé ou café ?

— Euh... du café.

— Parfait.

— Pour tout vous dire, avoua-t-elle, je n'ai pas envie de grand-chose... Il est trop tôt.

— Vous êtes rentrée tard ? Tant pis, vous vous coucherez plus tôt ce soir.

— Je ne comprends rien. M^{me} Vermuyden...

— Allez vous habiller, Sarah ! Il faut que vous soyez fraîche et dispose pour entendre ce que j'ai à vous dire.

— Bon, j'y vais.

Fébrile, bouleversée, elle courut à la salle de bains. Oh ! Quelle joie de le revoir, quelle que soit l'heure ! Depuis deux jours, elle avait perdu tout espoir... Ce qui lui arrivait était un vrai miracle !

Quelques minutes plus tard, elle passait sa garde-robe en revue. Pour une occasion si heureuse, aucun vêtement ne trouvait grâce à ses yeux. Finalement, elle choisit un pantalon et une tunique d'un ravissant vieux rose. Elle achevait de se maquiller quand James apparut sur le seuil de la chambre. Elle frémit d'appréhension, de plaisir aussi.

— J'espérais arriver à temps pour vous voir vous coiffer, dit-il.

Dans le miroir, elle lui jeta un regard soupçonneux.

— N'est-il pas temps de vous excuser ? suggéra-t-elle.

— Je suis venu tôt pour être sûr de vous trouver. J'ignore à quelle heure vous partez, le matin.

Reposant son crayon noir, elle lui fit face.

— Je ne parle pas de ce matin, vous le savez. Nous n'avons peut-être pas les mêmes coutumes dans votre pays et dans le mien, mais ce n'était pas une raison pour assommer Richard !

— J'espère qu'il a compris la leçon, répliqua-t-il d'un ton allègre. Quoi qu'il en soit, je lui pardonne d'avoir outrepassé les limites de la bienséance, conclut-il, très grand prince.

— Quelle magnanimité ! C'est admirable !

— N'est-ce pas ? Oui, je me sens très tolérant, ces temps-ci. De toute façon, il fallait bien que ce pauvre garçon vous perde.

— D'autant que je n'ai jamais été à lui !

— Nous allons en parler en prenant le petit déjeuner. Vous êtes très mignonne le matin. Vous ne m'embrassez pas ?

Stupéfaite devant tant de gaieté, Sarah finit par lui sourire. Il suffisait qu'elle le regarde pour que sa colère s'évanouisse. Quel bonheur de le voir là, près d'elle ! Elle en oubliait le reste du monde.

— J'hésite... murmura-t-elle.

De son allure nonchalante, il fit quelques pas

dans la chambre, l'observant avec un intérêt passionné. Son regard s'attarda sur le lit défait.

— Vous dormez dans un petit lit pour une personne... déclara-t-il visiblement heureux de cette découverte.

S'approchant, il la prit dans ses bras. Elle frissonna de plaisir. Déjà, la main de James s'égarait sous son chemisier. Il la retira aussitôt.

— Pas de précipitation, dit-il en affectant une soudaine sévérité.

Mais Sarah se serrait contre lui, se pendait à son cou, lui offrait sa bouche frémissante de désir. Des larmes remplirent ses yeux lorsqu'il l'éloigna de lui.

— Venez, le café va être froid.

Puis, la voyant totalement désemparée, il ajouta avec tendresse :

— J'ai des choses très importantes à vous dire.

Le café très fort était délicieux. Sarah en but une gorgée et se sentit beaucoup mieux. L'odeur des toasts grillés, le pot de marmelade, les deux tasses... tout cela lui rappelait leur dernière rencontre.

— Nous prendrons des milliers de petits déjeuners comme celui-ci, commença James.

Elle leva les yeux vers lui, interdite.

— Ensemble ?

Il hocha la tête, l'air toujours aussi gai, naturel et, comme s'il prenait plaisir à différer la révélation promise, aborda un autre sujet.

— J'étais très en colère l'autre jour.

— Vous ne m'apprenez rien !

— C'est une longue histoire. Je ne voulais pas vous en parler. Je me traitais d'imbécile, de

106

noms bien pires encore. Plus jamais, je me l'étais promis, je ne vivrais une aventure difficile et douloureuse. Je me suis conduit comme un idiot, parce que j'ignorais encore combien j'avais besoin de vous. Ces derniers jours, j'ai été très occupé, mais les nuits ont été si longues... J'ai réfléchi. Sarah, je n'aime pas votre façon de vivre mais je ne peux pas vivre sans vous. Le problème est clairement posé et je crois qu'aucun problème n'est insoluble. Vous me suivez ?

— A peu près, répondit-elle avec un petit rire nerveux.

— Il n'y a pas de quoi rire !

— En effet, reconnut-elle en retrouvant son sérieux.

Et soudain une énorme tristesse s'abattit sur elle. Encore et toujours, James revenait à l'attaque : « Je n'aime pas votre façon de vivre... » Il croyait vraiment qu'elle était volage, capable d'offrir ses charmes à tous les hommes. Qu'avait-elle donc fait pour mériter un jugement si dur et surtout, si injuste ?

— Je vous rendrai heureuse, affirma-t-il tout à coup.

Une petite phrase simple, bouleversante, qui balayait toutes les autres.

— Si vous m'exposiez plus clairement la raison de cette visite matinale ? Je travaille, aujourd'hui. J'ai plusieurs rendez-vous.

— Il faut les annuler.

— Pardon ? Je n'ai aucune raison de...

James se pencha vers elle. Leurs visages se touchaient presque.

— Sarah, je vous emmène. J'ai réfléchi toute la semaine. Si je ne peux pas vous changer, ni résister au besoin que j'ai de vous, je peux essayer de modifier votre façon de vivre.

— Mais je suis heureuse...

— C'est ce que vous croyez.

— C'est vrai !

— Sarah, fit-il, les lèvres serrées, je suis prêt à tout pour vous emmener. De gré ou de force. Si vous refusez de me suivre, j'appelle votre concierge. Je parie que le règlement de la maison vous interdit de recevoir des hommes chez vous toute la nuit. En me voyant...

— Quels hommes ? s'écria-t-elle, indignée. Allez-vous prétendre que vous avez passé la nuit ici ?

— Je vous le répète, je suis prêt à tout. Même au chantage, même à nuire à votre réputation. Je veux vous prouver que vous serez plus heureuse avec moi qu'avec tous les autres réunis.

N'en croyant pas ses oreilles, elle le dévisagea avec stupeur.

— Je n'aime pas vos manières, monsieur Foxe. Vous prenez-vous pour un éducateur ? J'ai bien peur de vous décevoir.

— Jamais. Vous me surprendrez sans doute, mais je sais que je ne serai jamais déçu. Que faire ? poursuivit-il en feignant le désespoir. Comme je ne peux pas vivre sans vous, je suis bien obligé de vous convertir à mon mode de vie.

Sarah était en larmes. Pleurs de joie ? de chagrin ? Elle ne savait plus.

— Vous ne me demandez même pas mon avis... parvint-elle à dire.

De l'index, il essuya une larme qui roulait sur sa joue.

— Vous n'avez besoin ni de Paul ni de Richard

108

ni d'aucun autre. Mais tant que je ne vous l'aurai pas prouvé, vous ne le croirez pas, je le sais. Sarah, je vous donnerai tout l'amour que vous êtes en droit d'attendre. Et même plus...

Elle se redressa, sur la défensive.

— Jusqu'à votre retour aux Etats-Unis ? Ou jusqu'à ce que vous vous lassiez de moi ?

La bouche de James se crispa.

— Cela n'arrivera jamais. A moins que vous ne vous détourniez de moi.

— Ce que je m'empresserai de faire dès que vous serez absent, naturellement ?

La main de James se referma sur sa nuque et la serra.

— Je ne vous laisserai pas un instant seule tant que je ne vous aurai pas convaincue de cette évidence : vous avez besoin de moi autant que j'ai besoin de vous.

Elle recula pour fuir cette main qui lui faisait mal. Elle ne pleurait plus et ses yeux brillaient maintenant d'une émotion contenue. Bien sûr, James se trompait encore sur elle. Il luttait contre des monstres forgés par son imagination, mais sa détermination avait une force émouvante, formidable.

— Bon, souffla-t-elle. Où m'emmenez-vous ? A moins que vous ne préfériez que nous restions ici.

— Avec tous vos amis qui entrent et sortent comme dans un moulin ? Certainement pas !

Cet ultime sursaut de colère lui rendit tout son humour. Ses yeux pétillèrent de malice.

— Tout dépend de vos projets, monsieur Foxe. Où allons-nous ? Dans un hôtel ? Je vous préviens, je ne mettrai pas un faux nom sur la fiche !

— Nous n'allons pas à l'hôtel.

— Tant mieux. Je trouve ces endroits plutôt sordides.

James haussa les épaules, s'amusant apparemment beaucoup de la voir se perdre en hypothèses.

— J'y suis... Nous allons chez Mary Beth !

Cette perspective la soulageait. Il se mit à rire.

— Chez ma sœur ? Pas question. Elle jouerait immédiatement les chaperons !

Sarah lui jeta un regard moqueur.

— Oh ! fit-elle avec une fausse naïveté. Vous voulez dire qu'elle ignore vos plans ? Elle ne sait pas que je suis une fille perdue et que vous devez me sauver de moi-même ?

— Elle ne vous connaît pas. Moi, si !

— Pas aussi bien que vous le croyez. Alors, vers quelle destination nous envolons-nous ? La Hollande ?

Refusant toujours de lui répondre, il lui servit une nouvelle tasse de café.

— Buvez puis allez préparer vos bagages pour le week-end. Au fait, n'oubliez pas d'écrire un mot pour l'accrocher à la porte de votre bureau, avant de partir !

— Que dois-je donner comme raison ? « Absente pour cause d'enlèvement... par un homme des cavernes » ? En ajoutant « temporaire »... pour l'enlèvement, bien sûr !

— Pas si temporaire que vous le pensez. Quant à l'homme des cavernes...

— Allez-vous me jeter sur votre dos pour me faire descendre l'escalier ?

— Certainement pas ! Au mieux, je vous traînerai par les cheveux !

110

— Dans ce cas, M<sup>me</sup> Vermuyden sera tout à fait rassurée en nous voyant passer, déclara-t-elle avant d'éclater de rire.

Elle reposa sa tasse de café sur la table.

— Je vais faire mes bagages. Quelles sont les consignes ? Tenue décontractée pour week-end campagnard ou robe de soirée avec parure de diamants ?

— Disons... tout ce qu'il faut pour un week-end campagnard. Prenez des pull-overs. Je ne suis pas certain de l'efficacité du chauffage.

Sarah fit une moue horrifiée.

— Nous aurons quand même un toit, j'espère !

— Oui. Peut-être même des murs. Et pourquoi pas l'eau courante... ?

— Que demande le peuple ? chantonna-t-elle en se dirigeant vers sa chambre.

Habituée à préparer son sac pour de courtes absences, elle eut rapidement rassemblé quelques vêtements et ses affaires de toilette. Elle emportait un vieux pantalon de velours, quelques chandails bien chauds, une robe d'intérieur et une jupe élégante au cas où...

Son sac de toile sur l'épaule, elle revint au salon où James l'attendait.

— Vous pouvez faire la vaisselle du petit déjeuner, suggéra-t-elle avec autorité. Pendant ce temps, je téléphone à mes clients pour annuler mes rendez-vous.

— Vous êtes sérieuse ? fit-il, un peu interloqué.

— Evidemment.

— Suis-je bête ! dit-il en riant. Nous autres, fous d'Américains, nous faisons la vaisselle avant le repas. J'oubliais que vous, très sages

Anglais, vous attendiez d'avoir mangé pour vous y mettre !

Les clients de Sarah se montrèrent très compréhensifs en apprenant qu'elle s'absentait. Malgré leur obligeance, elle se sentait un peu coupable de ne pas travailler un vendredi. D'autant plus qu'elle était débordée, ces temps-ci.

Après un instant, elle découvrit que James, confortablement installé dans un fauteuil derrière elle, l'écoutait, hilare, balbutier ses excuses au téléphone.

— Vous avez terminé la vaisselle ? demanda-t-elle en raccrochant.

— Oui. Notre petite escapade vous fait-elle perdre beaucoup d'argent ?

— Pas trop. J'ai remis tous mes rendez-vous à la semaine prochaine.

— Je vous proposerais bien de vous dédommager mais je suppose que vous refuseriez ?

— En effet, assura-t-elle.

Et, refermant son agenda, elle foudroya James du regard.

— Vous rendez-vous compte du qualificatif auquel j'aurais droit, cette fois, si j'acceptais que vous me donniez de l'argent ? demanda-t-elle gravement.

— Sarah ! Je ne voulais pas dire...

— Mais si, dites-le ! cria-t-elle au comble de la colère.

— Vous ne comprenez pas. Je veux seulement vous avoir pour moi tout seul, ne vous partager avec personne. Vous ne serez heureuse qu'avec moi.

— Très bien. Prouvez-le-moi.

112

Elle avait une expression si froide et rebelle, à cet instant, qu'il en fut tout décontenancé et préféra changer de sujet.

— C'est tout ce que vous emportez ? s'enquit-il en désignant le sac de toile.

— Oui. Je laisse un mot à ma concierge et je suis prête. Nous partons en voiture ?

— La mienne. Pas la vôtre. Nous souffrirons bien assez de l'inconfort, là-bas.

Ils prirent la route, furent très vite en pleine campagne. Le jour s'était levé. Un jour gris, mais ce matin Sarah était capable d'inventer du soleil partout.

— Allez-vous enfin me révéler notre mystérieuse destination ?

— Non. Vous pourriez bien vous enfuir avant que nous y soyons arrivés !

Comment lui avouer qu'elle n'en avait nullement l'intention, où qu'ils aillent ?

— Vous supporter un week-end entier ne me paraît pas insurmontable, dit-elle.

— Tout un week-end sans voir vos amis ?

Un long silence accueillit cette méchante question.

— James, je ne suis pas Jenny, répondit-elle enfin, très grave. Moi, je suis Sarah Gilbert, Sarah... Vous vous en souviendrez ?

## Chapitre neuf

A nouveau, le silence. Lourd. Infini.

— Que savez-vous de Jenny? demanda soudain James.

Elle bougea sur son siège, comme pour trouver une position plus confortable.

— Vous deviez l'épouser. Elle s'est mariée avec un autre. Je suis désolée.

— Désolée? Pourquoi? Cela vous déplaît d'avoir ce qu'une autre femme a dédaigné?

— Je... je pense que Jenny est une idiote, articula-t-elle lentement.

— Qui vous a parlé d'elle? Mary Beth, n'est-ce pas? Elle n'apprendra donc jamais à se mêler de ses affaires!

— Elle se fait du souci pour vous. Vous devriez lui en être reconnaissant. Tout le monde n'a pas une famille aussi aimante. Paul, par exemple, ne voit jamais ses parents. Ils trouvent toujours une bonne excuse pour...

— Je ne tiens pas à entendre parler de Paul!

— Et moi, je ne tiens pas à être assimilée à Jenny! s'écria-t-elle, exaspérée. Nous sommes quittes!

— Vous ignorez tout d'elle...

— Non ! Je sais que vous étiez amoureux d'elle !

— Nous nous serions mariés si elle n'avait pas... si elle n'avait pas...

— ... épousé un autre homme ? Il vaut mieux qu'elle soit partie avant plutôt qu'après. Mais elle a dû souffrir, elle aussi. Je vous connais suffisamment pour deviner qu'il n'a pas dû lui être facile de vous avouer qu'elle en aimait un autre. Vous êtes très... intimidant, parfois. Et pas très commode...

— Les femmes sont toutes les mêmes ! Vous auriez agi comme elle ? Vous vous seriez engagée avec un homme pour fuir ensuite avec un autre ?

— Je n'ai jamais fait cela.

— Alors, que faites-vous avec moi en ce moment ?

Elle lui jeta un regard éberlué. Avec quelle mauvaise foi il se permettait de l'accuser, de la punir à la place d'une autre !

— Vous ne m'avez laissé aucun choix... commença-t-elle.

— Mais je ne suis pas le monstre que vous imaginez. Vous n'avez tout de même pas cru que j'allais vous tirer par les cheveux pour descendre l'escalier ?

Son expression outrée remit Sarah de bonne humeur.

— Non, reconnut-elle. Et je ne vous suivrais pas si je n'en avais pas envie. D'autre part, je vous rappelle que je ne suis fiancée à personne.

— Mais qu'avez-vous promis à Paul, à Richard, aux autres ?

— Rien ! Je n'ai jamais rien promis à aucun homme !

116

Le coup d'œil qu'il lui lança la taxait, sans ambiguïté, de menteuse.

— Vous vous donnez donc à eux sans rien exiger ? Ça me convient tout à fait !

Elle baissa les yeux. Ses mains tremblaient. Si elle n'avait su James aussi déchiré et blessé qu'elle, elle aurait été capable de le haïr.

— Je viens avec vous, fit-elle d'une voix à peine audible. Cela ne vous suffit pas ? Pourquoi tout gâcher à l'avance ? Je... j'aurais aimé compter un peu pour vous, mais je vois bien que vous n'avez pas oublié Jenny...

— Jenny n'existe plus. Je ne pense plus jamais à elle.

— Mais vous étiez prêt à l'épouser. Elle a donc été importante dans votre vie.

— Elle était... convenable, avoua-t-il. Je veux dire qu'elle représentait l'image parfaite de l'épouse d'un grand avocat. Je croyais que c'était primordial pour ma carrière.

Sarah avait du mal à le croire.

— C'est ce que vous prétendez aujourd'hui, répliqua-t-elle en s'efforçant de rester calme. Mais vous l'aimiez. Ou, du moins, vous vous accrochiez à cette certitude pour qu'elle devienne une réalité. Mary Beth dit que...

— Ma sœur ne peut même pas imaginer qu'on décide de se marier sans être amoureux fou. Elle est exactement le contraire de Jenny. Mary Beth croit en l'amour. Jenny croyait en l'argent.

— Je me range dans le clan de Mary Beth, précisa Sarah, désireuse de ne laisser place à aucun doute.

— Au moins vous intéressez-vous à autre chose qu'à l'argent.

Le silence les enveloppa à nouveau.

— Jenny ne vous manque jamais ? s'enquit Sarah.

— Je ne souffre pas de son absence, mais je me suis senti très coupable pendant quelque temps. Sarah, la semaine dernière vous m'avez manqué mille fois plus que n'importe qui depuis que je suis né.

— Vous aussi, murmura-t-elle, bouleversée par cet aveu.

Et cette fois le silence ne l'angoissa pas. Elle se tourna vers la vitre et chercha à reconnaître le paysage. Ils avaient pris la route de Cambridge. Le ciel se dégageait. Un timide rayon de soleil ou une tache d'azur perçait les nuages, ici et là.

A Cambridge, James emprunta une route secondaire. Il jetait de furtifs coups d'œil à Sarah qui faisait de même, remarquant qu'il n'avait plus l'air contrarié ni malheureux.

— Il est temps que je vous dise tout. Quand vous avez refusé de venir avec moi en Hollande, j'ai acheté un cottage. Son aménagement nécessite de gros travaux, mais...

— Vous avez acheté une maison ? Mais ce genre d'opération ne s'effectue pas en si peu de temps... Il y faut des semaines. Vous ne pouvez pas avoir la clé, c'est impossible !

— Je l'ai depuis deux jours. J'ai pris ce cottage en l'état, avec les meubles. L'ancien propriétaire a accepté de me le louer en attendant la fin des formalités. Le jardin est magnifique. Très... vieille Angleterre. Il vous plaira !

Et il ajouta, avec le même enthousiasme :

— Le toit fuit. Une colonie de termites a élu domicile dans les poutres. Une entreprise spécialisée vient s'en occuper demain. A part ça, il ne manque qu'un coup de peinture sur les murs et de la cire sur les parquets. Je crois que vous aimerez cette maison...

Sarah aima tout de suite le cottage. C'était la demeure où elle avait toujours rêvé de vivre. Les très anciens lambris de chêne donnaient à chaque pièce une atmosphère chaude et luxueuse. Toutes spacieuses, pourvues d'immenses fenêtres, elles étaient baignées d'une superbe lumière.

— Montons à l'étage, proposa James, tout heureux de sa joie. Je vais vous montrer les chambres.

Elle hésita un instant à le suivre. Trop d'émotions se bousculaient en elle. Mais elle décida d'essayer d'y voir clair plus tard. Elle savait seulement qu'elle voulait partager sa vie avec cet homme. A n'importe quel prix. De lui, et de lui seul, elle apprendrait les secrets de l'amour. Et jamais, elle en était certaine, elle n'en aimerait un autre avec cette force, cette évidence.

— Vous dormirez ici, annonça-t-il en ouvrant une porte. Cette pièce est la seule que j'aie déjà repeinte... Pour essayer de ne plus penser à vous !

D'une voix plus sourde, osant à peine la regarder, il poursuivit :

— J'étais là, au milieu de cette chambre, quand j'ai su que ça ne pouvait plus durer. Vous m'obsédiez. Je vous voyais partout. Cette couleur vert pâle, c'est en souvenir de vos yeux. J'ai choisi les draps en pensant à vous. Les meubles aussi. Cette commode, cette coiffeuse... Je vous imaginais en train de peigner vos longs cheveux devant la glace. Elle vous plaît ?

— Je l'adore !

Emue aux larmes, elle le prit dans ses bras. Elle faillit lui dire qu'elle l'aimait mais les mots moururent sur ses lèvres. Il était trop tôt et peut-être devrait-elle toujours taire son fol amour.

Un instant, elle le crut prêt à refuser son invitation silencieuse. Tout à coup, il la souleva prestement dans ses bras et la fit tournoyer dans la pièce. Comme le plancher grinçait dangereusement, ils s'immobilisèrent. Mais James ne la lâcha pas. Il la serrait contre lui à l'étouffer, comme s'il ne parvenait pas encore à croire à sa présence.

— Combien de temps Richard est-il resté avec vous l'autre soir ? demanda-t-il d'une voix rauque.

— Une demi-heure. Il serait d'ailleurs parti plus vite si vous ne l'aviez pas assommé.

— Que voulait-il ?

— Me demander de témoigner à son procès pour cette histoire de propriété. Un cousin éloigné conteste encore ses droits.

— Il avait les clés de votre appartement !

— Je ne les lui ai pas données. M$^{me}$ Vermuyden me croyait sortie, elle lui a proposé de m'attendre chez moi. Richard n'a jamais été mon amant. Il ne le sera jamais.

— Pourtant, vous l'aimez bien !

— J'ai de l'affection pour beaucoup de gens. Je ne partage pas leur lit pour autant.

James la serra plus étroitement contre lui.

— N'abordons plus ce sujet, ordonna-t-il d'un ton rude. Je ne veux plus entendre parler des autres, passés ou futurs. Je voudrais croire que vous êtes mienne !

— Vous devez le croire ! murmura-t-elle. Ne suis-je pas ici avec vous ?

Elle lui caressa le visage et quand il l'embrassa, elle eut l'impression de se fondre en lui. Ils ne formaient plus qu'un seul être, une flamme ardente. Elle se découvrait désarmée, heureuse de l'être. Une merveilleuse nécessité les liait inéluctablement. Et elle répondait à son baiser, se cambrait contre lui pour goûter mieux encore l'étreinte de ses bras, sa force, son désir.

Elle eut à peine conscience de sa veste glissant de ses épaules et tombant sur le sol. De son chemisier ouvert, dénudant sa poitrine tandis qu'elle était plus offerte que craintive. La main de James lui caressait le ventre, emprisonnait un de ses seins et lui arrachait un premier gémissement de plaisir.

Avide de le découvrir lui aussi, elle commença à déboutonner sa chemise, émerveillée de sentir sous ses doigts fébriles l'extraordinaire différence d'un corps d'homme.

Il finit par s'éloigner très légèrement d'elle, fit un pas en arrière. Ses yeux brillants fixaient les seins nus de Sarah, qui s'étonnait de n'en éprouver aucun malaise, aucune fausse pudeur. Comme si cet instant-là lui révélait une évidence, celle d'être à lui. Quelles que soient les circonstances.

— Nous avons du travail, dit-il d'une voix enrouée. Passez de vieux vêtements. Nous allons rendre le rez-de-chaussée habitable.

Et, pour prévenir son désarroi, il ajouta avec humour :

— C'est que nous sommes venus ici pour travailler !

Interdite, Sarah s'assit au bord du lit. Elle brûlait de le retenir, mais la voix de la raison lui soufflait de n'en rien faire. Pensive, elle reboutonna son chemisier. Le désir l'avait quasiment étourdie.

— Par où commençons-nous ? demanda-t-elle.

— Par la cuisine. Qu'en pensez-vous ? Le salon, ce sera pour plus tard. Après mon prochain retour de La Haye.

S'approchant du lit, il se pencha tendrement vers elle.

— Ça va ?

— Très bien.

— Il le faut ! Nous avons du pain sur la planche...

Elle se leva, prit dans son sac un pull et son vieux pantalon de velours. Elle n'avait pas l'habitude de se changer devant un homme mais s'efforça de ne laisser paraître aucune gêne. Pourtant, ses mains tremblaient. Elle respirait mal.

— Je suis prête, déclara-t-elle après avoir remis en place son lourd chignon.

— Vous êtes si belle... Un jour, je ferai peindre votre portrait. Ici, dans cette chambre, devant la coiffeuse.

— Un jour ? répéta-t-elle en rougissant.

Il la prit par la main, lui caressa le visage, le releva vers lui.

— Ne vous fait-on jamais de compliments ? Vous rougissez comme une adolescente qu'aucun homme n'aurait encore approchée.

— Je le suis peut-être...

— Si je le croyais, vous ne seriez pas ici.

Elle lui jeta un regard farouche. Quelle différence cela faisait-il ?

— Si vous étiez sans expérience, reprit-il, je me serais conduit d'une tout autre manière, mon amour. Je vous aurais couverte de roses, invitée chez ma sœur pour la fête de Thanksgiving. Je vous aurais accordé un temps infini pour tomber amoureuse de moi. Mais je veux vous contraindre à l'évidence. Demain matin, à votre réveil, je serai le seul homme dans votre vie. Le seul qui compte.

— Vous m'avez déjà offert une rose, fit-elle remarquer.

Puis, s'enhardissant, elle poursuivit :

— Thanksgiving, c'est bientôt ? Nous ne célébrons pas cette fête, ici.

— Chez nous, c'est l'occasion d'une grande réunion de famille, aussi importante que Noël. Tout le monde, aux Etats-Unis, rentre chez soi. De toute façon, fit-il en souriant, Mary Beth vous attendra à Mildenhall, ce jour-là. Le dernier jeudi de novembre.

Sarah se prit à rêver. Un jour, peut-être, elle accompagnerait James aux Etats-Unis. Elle découvrirait où il vivait, où il avait grandi. C'était un rêve merveilleux. Un rêve impossible...

Et tandis qu'il évoquait les fêtes de son enfance, elle commença à inspecter la cuisine. Puis elle en vint à des préoccupations très matérielles. Il faudrait une bonne quantité de poudre à lessiver !

— Nous devrions nous y mettre, James.

Néanmoins, elle prit le temps de s'extasier sur

la superbe armoire en chêne qui occupait tout un mur de la cuisine.

— Mieux que les placards en formica, renchérit James. Pensez-vous qu'il faille moderniser l'aménagement, installer les derniers gadgets électroménagers ?

— Surtout pas ! Ce sera un plaisir de prendre les repas ici. Cette table et ces chaises anciennes sont de pures merveilles.

— Vous m'avez convaincu ! Je me contenterai d'acheter une nouvelle cuisinière. Bon, que prévoyons-nous pour le déjeuner ?

— Vous avez déjà faim ? Mais nous ne commencerons jamais ! s'exclama-t-elle en riant. Allons plutôt au pub du village. Vous goûterez la bière locale.

D'un mouvement vif et impérieux, il la prit dans ses bras.

— Et vous ?

— Je n'aime pas la bière, avoua-t-elle, souriante. Je prendrai un jus de fruits. Ou, s'il fait trop froid, un double whisky ! Mais alors, attendez-vous à en subir les conséquences.

— Je ne demande pas mieux...

Il lui fit un baiser furtif sur la bouche. Sarah nageait en plein bonheur.

Enfin, ils commencèrent à lessiver et poncer les murs pour les préparer à la peinture. Sarah était, de loin, la plus qualifiée en matière de décoration intérieure. James finit par se laisser tomber sur une chaise pour la regarder.

— J'ignorais que les Américains étaient si paresseux. Je ne vais tout de même pas terminer toute seule !

— Vous faites de l'excellent travail. Comment

est-il possible d'allier tant de grâce à une telle efficacité?

— Au travail, flatteur!

— Bien, madame.

A l'heure du déjeuner, elle descendit de son escabeau.

— Je fais un brin de toilette et nous allons au pub.

Quand elle voulut quitter la pièce, James lui barra le passage, la contemplant comme s'il la voyait pour la première fois.

— J'ai une tache sur le nez? s'inquiéta-t-elle.

Elle avait voulu plaisanter, mais sa voix était faible et tremblante, ses pupilles dilatées par l'émotion. Entre leurs deux corps, si proches l'un de l'autre, la tension devint presque palpable.

— Sarah...

— James?

Elle avait prononcé son nom d'un ton interrogatif.

— J'ai tellement envie de vous, murmura-t-il.

— Moi aussi.

Ils se serrèrent l'un contre l'autre et leurs bouches s'unirent en un baiser sans fin.

— Vous voulez déjeuner? chuchota-t-il à son oreille.

Le moment était-il venu de lui avouer qu'elle n'avait jamais partagé l'intimité d'aucun homme? Indécise, ne sachant comment il réagirait, elle se tut. En apprenant cela, James serait bien capable de la ramener immédiatement à Boston. Or, elle voulait rester près de lui, tout près.

— Si nous ne nous restaurons pas, nous ne finirons jamais le lessivage de la cuisine aujourd'hui. Et si nous ne peignons pas samedi, je ne vous mijoterai pas de petit plat dimanche !

— Argument irréfutable ! s'exclama-t-il en riant. Je ferai des courses, cet après-midi. Vous me direz ce dont vous avez besoin.

— Nous passerons à l'épicerie du village en revenant du pub.

Le village ressemblait à beaucoup d'autres avec sa rue principale, sa petite église, quelques boutiques et un pub : Au chêne royal. On surnommait ainsi l'arbre légendaire où le roi Charles II s'était caché pour échapper aux soldats de Cromwell, avant de s'enfuir en France.

Les maisons étaient en pierre de couleur claire, typique du comté de Lincoln. Dans les jardins, les dernières fleurs d'automne s'épanouissaient. Et, partout, des potagers florissants.

Le pub était pratiquement désert. Un énorme poêle à bois ronflait dans un coin, dispensant une douce chaleur.

— Vous avez déjà joué aux fléchettes ? demanda Sarah à James.

— Jamais !

Ils s'accoudèrent au comptoir. Le patron jeta un regard entendu à James.

— Surtout, ne la laissez pas vous dicter les règles. Les femmes sont des tricheuses nées. Arthur va vous apprendre.

— Je profiterai aussi de la leçon, annonça alors Sarah. Je n'ai jamais touché une fléchette de ma vie...

Le dénommé Arthur, un quinquagénaire à l'embonpoint sympathique, réajusta sa casquette sur son crâne dégarni. Puis il prit trois fléchettes et expliqua à James où il fallait se placer pour les lancer vers la cible fixée au mur. Il ignora ostensiblement Sarah. Ainsi, les hommes de la campagne affectaient encore un comportement méprisant à l'égard des femmes...

— Parfait, dit Sarah avec bonne humeur. Je vais commander à boire.

— Un whisky pour moi ! lança Arthur.

Elle acquiesça de bonne grâce. James voulut l'aider à porter les verres mais son professeur de fléchettes l'en empêcha.

Comme elle était au comptoir, le patron se pencha vers elle avec un air de conspirateur.

— On n'en voit pas beaucoup dans le coin...

— Quoi donc ?

— Des Yankees. Qu'est-ce qu'il fait ici, celui-là ?

— Il vient d'acheter une maison en dehors du village.

— Ah ! l'ancienne ferme de...

Elle eut droit à l'historique détaillé du cottage et de ses habitants.

— Vous allez y vivre avec lui ?

— Non, je l'aide à refaire les peintures. Nous avons commencé par la cuisine. A propos, pouvez-vous nous servir à déjeuner ?

— Sandwiches et soupe de légumes maison. Ça ira ?

— Parfait.

Elle alla s'asseoir près du poêle pour observer James à son insu. Il apprenait le jeu de fléchettes avec cette même concentration qu'il avait pour le moindre de ses actes. Il passait sans cesse une main nerveuse dans ses cheveux ébouriffés. A son sourire triomphant, elle comprit qu'il était déjà en train de gagner. James n'aime pas perdre, songea-t-elle. Un atout pour un avocat, mais une qualité parfois difficile à apprécier pour ceux qui partagent sa vie...

De l'air froid s'engouffra dans la salle. La porte du pub venait de s'ouvrir et un couple entrait. Stupéfaite, Sarah reconnut Paul... A son bras, une fille qu'elle voyait chaque mardi soir : Susan Hardwick.

Susan chantait faux et détestait danser, tout comme Paul. Ils vont être très heureux, se dit Sarah.

Et, avec un chaleureux sourire, elle s'avança vers eux.

## Chapitre dix

Sarah fut peinée de voir le visage de Susan se décomposer à sa vue. Elle comprit alors les regards hostiles que la jeune fille lui avait lancés, chaque mardi soir. Depuis longtemps, Susan la jalousait et cherchait à attirer l'attention de Paul. Comment Sarah avait-elle pu être aveugle à ce point ?

— Bonjour, Susan ! Paul !

Entendant ce dernier nom, James se tourna vers les nouveaux venus. Il lança sa dernière fléchette et rejoignit Sarah à l'instant où elle tendait sa joue à Paul. Silencieux et honteux, celui-ci l'embrassa. Près d'elle, Sarah sentit James se raidir et ce fut davantage pour lui que pour eux qu'elle parla :

— Je suis heureuse de vous voir ensemble, toi et Susan !

Piteux, Paul semblait vouloir disparaître sous terre.

— Je me demande pourquoi... balbutia-t-il avec une certaine agressivité. Que fais-tu ici ?

— Je passe le week-end avec James, expliqua-t-elle. Il vient d'acheter une maison.

Les yeux de Susan s'agrandirent de stupéfaction.

— Tu es... seule avec lui ?

— Pour trois jours.

Paul la dévisageait froidement.

— J'espère que tu sais ce que tu fais, fit-il d'un ton pincé.

— Naturellement, je le sais !

Si Paul était choqué, Susan triomphait sans aucune discrétion :

— Personne ne nous croira ! Pas elle, pas la belle Sarah ! Qui aurait pu penser cela de toi ?

Les deux femmes se regardèrent. Sur le visage de Sarah, aucune animosité mais un sourire sincère. James se tourna vers Paul.

— Maintenant, vous serez au courant, dit-il, hautain et tendu à la fois. Vous ne conveniez pas à Sarah. Elle a besoin d'être tenue d'une main ferme et...

— Vraiment ? l'interrompit Sarah, indignée.

Mais James ne se tut pas pour autant. Il se rapprocha de Paul.

— A votre place, je changerais de pub. Tout le monde s'en portera beaucoup mieux !

— Mais non ! s'écria Sarah, furieuse. Partageons nos sandwiches avec eux !

— Moi, je ne partage rien... assura James, de plus en plus menaçant.

— Pas même la politesse la plus élémentaire ? Paul et Susan sont mes amis !

Ils se faisaient face, se défiant mutuellement. Susan et Paul n'étaient que l'occasion d'une querelle plus grave, plus profonde. James serra si fort le bras de Sarah qu'elle étouffa un cri de douleur.

— Paul est pour vous un ex-ami, affirma-t-il

avec une inquiétante douceur. S'il ne sort pas d'ici immédiatement, c'est moi qui vais partir.

— On s'en va, on s'en va ! intervint Paul. Susan et moi, nous aimons le calme. Nous ne tenons pas à semer la pagaille.

Sarah attendit qu'ils aient refermé la porte du pub. La situation lui avait échappé et elle ne savait plus comment la reprendre en main.

— Ce que vous venez de faire est intolérable, commença-t-elle, glaciale. Vous n'avez aucune raison d'être jaloux de Paul. De surcroît, je suis et reste libre de mes fréquentations. N'intervenez plus jamais entre mes amis et moi !

— Vous êtes encore amoureuse de Paul !

— Ne soyez pas ridicule, je ne l'ai jamais aimé. Pas d'amour en tout cas. Il reste un camarade. Que va-t-il penser ? Un week-end avec vous ne m'oblige pas à renier mes amis !

— Vous avez raison, murmura-t-il, soudain radouci. Pardonnez-moi, je vois rouge à force de croiser tous vos soupirants. Ils sont trop nombreux et je vous veux pour moi seul.

— Sans vous soucier de ce que, moi, je désire ?

— Je le sais ! affirma-t-il, les yeux brillants de rage ou de passion. C'est moi que vous voulez.

— Vous devriez être un peu plus prudent, rétorqua-t-elle avec la même violence. Je ne fais pas partie de vos biens.

Calme, vaincu peut-être, il la suivit à une table et s'assit près d'elle.

— Beaucoup d'hommes ne souhaitent pas partager leur femme avec un autre.

— Mais je ne suis pas votre femme ! protesta-t-elle.

— Vous n'avez pas envie de le devenir ?

— Je n'ai jamais appartenu à personne.

Elle avait parlé si bas qu'elle ne fut pas certaine d'avoir été entendue. Mais une voix tonitruante les interrompit.

— Voilà de quoi vous sustenter, messieurs dames !

Le patron déposa devant eux un plateau garni d'appétissants sandwiches et de deux assiettes de soupe.

— Cette soupe de légumes, monsieur l'Américain, vous m'en direz des nouvelles ! Ce n'est pas dans votre pays qu'on sait préparer ce régal !

Sarah et James ne purent s'empêcher de rire, puis ils déjeunèrent avec appétit.

Sur le chemin du retour, James mit un bras sur les épaules de la jeune femme.

— Etes-vous toujours décidée à passer le week-end avec moi ? s'enquit-il.

— Ai-je le choix ?

— On a toujours le choix. Vous savez très bien que je n'ai aucun moyen de vous retenir contre votre gré.

— Je reste.

Il sourit et une joie secrète illumina son visage.

— Bien.

Il n'ajouta rien. En était-il besoin ? Sarah comprit qu'ils avaient tous deux tiré la leçon de l'altercation avec Paul, au pub : aucun homme n'était parfait. Pas même celui dont Sarah était folle. Pas plus qu'elle-même. L'humeur sombre et l'incroyable possessivité de James ne trouvaient-elles pas un curieux écho en elle ? Ne se serait-elle pas conduite exactement comme lui en des circonstances semblables ?

A la nuit tombante, Sarah descendit pour la dernière fois de l'escabeau, lâcha l'éponge et inspecta la cuisine d'un œil critique. Pas trop mal... James avait acheté une cuisinière électrique dans l'après-midi, et il l'installait.

— Si vous faites sauter les plombs, l'avertit Sarah, ne comptez pas sur moi pour les réparer.

— Oh ? Vous n'êtes donc pas si habile que vous le prétendiez ? s'enquit-il d'un ton moqueur.

— Pas en électricité.

James se tendit inexplicablement.

— Seulement avec les hommes ?

Les jambes soudain tremblantes, elle dut s'appuyer à l'escabeau.

— Vous le verrez bien, murmura-t-elle.

A mesure que les heures passaient, son appréhension augmentait. L'après-midi touchait à sa fin. Ils burent une tasse de thé en bavardant du futur aménagement de la maison, mais Sarah avait l'esprit ailleurs. Il serait bientôt temps d'aller se coucher. Comment parler à James, tout lui avouer ?

Ils se remirent au travail jusqu'à l'heure du dîner.

— Nous pouvons être fiers de nous ! s'exclama James. Nous formons une équipe sacrément efficace !

— Ce qu'il ne faut pas entendre... maugréa Sarah. Si vous aviez aussi mal aux bras que moi, vous sauriez qui a abattu le plus de travail !

— Encore en train de vous plaindre ?

— J'ai faim.

Elle souhaitait surtout différer l'instant du face à face.

— J'ai acheté notre dîner chez un traiteur chinois. Allez donc prendre une douche pendant que je fais réchauffer les plats et que j'allume le feu au salon.

— Il y a de l'eau chaude?

A défaut de bac à douche, la maison était pourvue d'une grande baignoire.

— Absolument. J'ai branché l'accumulateur en arrivant. Il a l'air de fonctionner.

Sarah monta l'escalier, contente de ces quelques instants de solitude avant le moment qu'elle redoutait tout en n'attendant que lui.

Elle s'abandonna à la chaleur de l'eau qu'elle avait eu soin de parfumer avec des sels de bain. Puis, elle revêtit une longue robe d'intérieur en soie naturelle tabac.

Malgré la détente que lui avait procuré le bain, elle frissonnait en allant rejoindre James. Il n'était pas au salon. Un délicieux fumet de sauce aigre-douce et d'épices orientales s'échappait de la cuisine. Mais Sarah avait l'estomac noué. Elle n'avait plus faim du tout.

La peur la paralysait. De sa vie, elle ne s'était imaginée en héroïne d'une aventure amoureuse. Elle avait grandi dans la perspective rassurante d'une vie conjugale calme et sans violence, auprès d'un mari doux et aimant.

— Le bain a-t-il soulagé vos courbatures?

Elle sursauta et n'osa pas regarder James. Pour se donner une contenance, elle s'accroupit devant la cheminée et offrit ses mains à la chaleur du feu. Ses joues la brûlaient.

— Oui, merci.

Dans le silence qui suivit, elle sentit que James avait deviné son appréhension.

— Vous êtes très belle, murmura-t-il.

Puis, sans détour, il ajouta :

— Dès que je vous ai vue, j'ai su que nous étions faits l'un pour l'autre.

Surprise, elle se tourna vers lui, oubliant sa timidité. Se redressant, elle ouvrait la bouche, sans savoir encore ce qu'elle allait répondre, quand il la supplia :

— Non, ne dites rien. Vous étiez trop occupée par vos amis pour le comprendre. Maintenant, vous êtes là, avec moi seul. Et je suis le plus heureux des hommes !

Ces paroles la rassurèrent tout à fait. En même temps, au plus profond d'elle-même, une excitation presque douloureuse s'éveillait. Sa robe d'intérieur la rendait vulnérable et elle regretta de ne pas s'être habillée autrement.

Tendant la main, James la saisit par le poignet et l'attira vers lui. Il tournait le dos à la cheminée. Le visage de Sarah était éclairé par la lumière dansante des flammes.

— Le dîner n'est pas tout à fait prêt. Vous pouvez attendre ?

Elle acquiesça silencieusement. Ses yeux se fermèrent quand la bouche de James s'empara de la sienne. Elle gémit, de frustration puis de plaisir, quand il abandonna ses lèvres pour les reprendre avec plus de volupté encore. Il avait glissé une main dans son décolleté et explorait amoureusement la naissance de ses seins, sa peau si douce qui frémissait de désir sous ses doigts.

Leurs corps se serraient l'un contre l'autre avec une passion croissante. Un feu au creux de ses reins poussait Sarah à se cambrer toujours plus contre le corps de cet homme qui l'affolait.

Comment lui dire qu'elle ne s'était encore jamais donnée à un homme ?

Elle baignait dans une harmonie parfaite dont James accordait chaque note. Bientôt, il serait trop tard. Mais c'était en toute conscience qu'elle faisait ses premiers pas vers le merveilleux voyage sans retour.

— James ! Le dîner brûle !

Il s'élança aussitôt vers la cuisine tandis que Sarah se laissait tomber à genoux au milieu du salon. Le courant d'air frais venant de l'entrée la fit frissonner.

James s'activait aux fourneaux. Elle entendit l'explosion d'un bouchon de champagne et le vit revenir avec une coupe où pétillaient mille bulles d'or. Elle y trempa les lèvres.

— Le dîner est fichu ?

— Non. Vous m'avez fait mourir de frustration mais vous avez sauvé le poulet aux amandes !

— Je suis désolée... souffla-t-elle.

Sa magnifique chevelure, où les lueurs du feu faisaient des reflets, formait autour de son visage un halo doré presque irréel. James s'empara doucement d'une mèche d'or.

— Désolée ? répéta-t-il doucement. Il n'y a aucune raison. On dirait que le champagne vous rend triste ?

— Je ne sais pas.

Il s'accroupit près d'elle, entoura ses épaules de ses bras solides.

— Si vous me disiez ce qui ne va pas ?

— J'essaie !

136

— Attendez-moi une seconde, je vais chercher le repas.

Quand il revint, elle avait vidé la coupe de champagne. Sur la table ronde où il avait dressé deux couverts, il déposa un plat de riz cantonais, un autre d'où s'échappait le délicieux fumet de crevettes à la sauce aigre-douce, et celui du poulet aux amandes. Ils se mirent à table.

— Vous vous sentirez mieux quand vous n'aurez plus le ventre vide, affirma James. Un peu plus de champagne ?

Elle lui tendit sa coupe.

— Je me sens déjà mieux.

— Mmm... Sans doute les effets de l'alcool. Il paraît qu'il donne du courage.

— J'en ai besoin...

— Je crois savoir ce que vous allez me dire.

— Ne vous mettez pas en colère, commença-t-elle d'une voix tremblante. Je suis confuse, c'est... la première fois que je... Je voulais venir avec vous ! Je ne le regrette pas. Si vous... si vous m'apprenez ce qu'il faut faire... James ?

Il se taisait. L'expression de son visage, son regard étaient indéchiffrables. Sarah s'enhardit.

— Faites-moi l'amour. J'en ai envie. Sinon, je ne serais pas venue.

Avec une étrange froideur, il demanda :

— Vous êtes prête à vous contenter d'un week-end ?

— Je... j'espère davantage, avoua-t-elle. Puisque vous passez un an en Europe, j'ai pensé...

— Et ensuite ?

Elle prit une profonde inspiration.

— Je ne veux pas y penser !

Et, comme une enfant capricieuse, elle repoussa l'assiette que James venait de remplir.

— Je n'ai pas faim.

— Mangez. Il faut prendre des forces. Vous en aurez besoin dans les jours à venir.

Pourquoi ? Elle ne lui posa pas la question. Elle craignait surtout de connaître la réponse : il renonçait à faire d'elle sa maîtresse, et il n'avait pas besoin d'être fin psychologue pour deviner sa déception.

Tristement, elle commença à grignoter. Mais le plat était si bon qu'elle finit par retrouver son appétit.

Le champagne coulait à flots.

— J'en boirais tous les jours, déclara-t-elle en vidant sa troisième coupe.

James l'observait d'un air songeur. Rêvait-elle l'étrange tendresse que trahissait son regard, la chaleur sécurisante que sa seule présence lui communiquait ?

Oh ! Elle était ivre... Elle devait s'arrêter de boire.

— Est-ce que je ressemble à Jenny ? questionna-t-elle soudain.

— Pas le moins du monde.

— Tant mieux. Je n'aime pas Jenny.

— Elle avait des qualités.

— Ne me parlez plus d'elle. Elle vous a rendu malheureux.

— Et cela vous touche ?

Amusé sans doute de la voir un peu ivre, James épluca une crevette et la lui tendit.

— Je n'aime pas Jenny, répéta-t-elle.

— Je vais faire du café avant que nous partions. Et puis, vous irez vous habiller. Le champagne vous monte à la tête.

— C'est une sensation merveilleuse !

Mais soudain elle fronça les sourcils.

— Pourquoi n'allons-nous pas au lit après le café ?

— Parce que je ne suis pas certain que vous soyez consciente de vos actes. Et je n'ai encore jamais abusé d'une jeune femme ivre. Mon Dieu, Sarah ! Je ne vous aurais pas emmenée ici si j'avais su !

Elle se raidit et ce fut d'une toute petite voix qu'elle murmura :

— J'aurais dû me taire.

— Ne regrettez rien.

Il disparut dans la cuisine et très vite Sarah sentit la bonne odeur du café.

— Buvez, ordonna-t-il en revenant avec une tasse fumante. Ensuite, je vous reconduirai chez vous.

— A Boston ?

— Non, chez votre mère.

— Elle ne m'attend pas, protesta-t-elle. De plus, elle n'appréciera pas que nous dormions ensemble sous son toit. Elle est un peu rétrograde. Restons ici.

— Moi aussi, je suis rétrograde ! dit-il très fort en lui prenant le visage dans ses mains.

Dans son regard, il y avait une volonté de convaincre mêlée à de la passion contenue. Il l'embrassa longuement, profondément. Sarah eut l'impression de perdre conscience, de s'abandonner à un merveilleux vertige.

— Je vous en supplie, James, faites-moi l'amour.

— Ne discutez pas. Pas ce soir. Je me suis déjà assez mal conduit envers vous.

— Mais puisque je vous le demande !

— Vous avez bu trop de champagne. Je veux que vous vous donniez à moi en toute lucidité, ou pas du tout. Allez-vous enfin vous habiller ?

Docile, elle quitta le salon. Dans les brumes de l'alcool, elle retenait surtout une chose : James n'insinuait pas qu'ils cesseraient de se voir. La prochaine fois, elle se le jura, elle n'aurait pas honte de son manque d'expérience.

Quand elle redescendit, il l'attendait dehors, près de la voiture.

— Vous êtes pressé de vous débarrasser de moi, n'est-ce pas ? murmura-t-elle.

— Adorable Sarah, dit-il doucement. Nous nous verrons demain et nous parlerons. Vous voulez ?

Oh ! oui... elle voulait !

## Chapitre onze

M^{me} Bourne ne s'attendait certes pas à voir arriver sa fille en pleine nuit. Elle mit d'ailleurs longtemps à répondre au coup de sonnette. Vêtue d'une robe de chambre, elle s'apprêtait à se mettre au lit.

Un coup d'œil au visage pâlot de sa fille et, inquiète, elle la prenait par le bras et la faisait entrer.

— Vous venez, James ? demanda-t-elle.

Anxieuse de sa réponse, Sarah pressa la main de sa mère.

— Je reviendrai demain matin. Prenez soin d'elle, Betty. Puis-je m'inviter à prendre le petit déjeuner ou est-ce trop tôt ?

— Pas du tout ! Nous le prenons vers neuf heures. Nous vous attendons.

— Parfait. A demain.

La porte refermée, l'expression de M^{me} Bourne se fit plus anxieuse.

— Vous vous êtes disputés ?

— Pas exactement.

— Comment ça ?

Sarah lui jeta un regard désespéré.

— Tu ne comprendrais pas...

— Essaie toujours de m'expliquer, fit gentiment sa mère. Allons à la cuisine. Je vais te préparer une boisson chaude. Tu en as besoin.

— J'ai bu du champagne. Est-il vrai qu'on ne peut pas avoir la « gueule de bois » avec du champagne ?

— Je n'ai jamais eu l'occasion de tenter l'expérience, ma chérie. Que fêtiez-vous ?

— Euh...

Elle se laissa tomber sur une chaise et regarda sa mère qui mettait la bouilloire sur le feu.

— Réponds-moi, insista patiemment Betty.

— James a acheté un cottage et...

— ... tu es allée y passer le week-end avec lui.

Sarah la dévisagea avec un nouveau respect.

— Comment l'as-tu deviné ?

— Ça n'est pas très difficile. Tu étais déjà amoureuse de lui quand vous êtes venus ici ensemble. Lequel des deux a changé d'avis ?

— Lui. Apparemment, il ne souhaitait pas séduire une pauvre fille innocente... à moitié ivre ! Tu comprends, il me prêtait des mœurs très... libres. Quand je lui ai dit la vérité, il m'a immédiatement conduite ici.

— Qu'as-tu éprouvé ?

— J'ai été terriblement déçue et triste.

Avec un petit rire affectueux, sa mère posa devant elle un bol de chocolat chaud.

— Tu devrais être flattée. Je suis sûre qu'il n'a jamais fait preuve d'une telle délicatesse avec une autre femme. Il tient à toi.

— Je le voudrais tant ! Mais je crois qu'il se sent surtout coupable.

D'un trait, elle raconta à sa mère à quelles extrémités la jalousie avait poussé James, avec Richard puis face à Paul.

142

— Il m'assimilait à Jenny.

— Jenny ?

— Une fille qu'il a failli épouser. Je pense qu'il ne l'aimait pas. Elle s'est mariée avec un autre. James me croyait volage... comme elle.

Rassurée par l'air stupéfait de sa mère, Sarah eut envie de se moquer d'elle-même, de son aveuglément, de ses peurs.

— Malgré tout, il ne pouvait rester loin de toi, murmura sa mère.

— Quand il est arrivé chez moi, ce matin, il avait décidé de me prouver en un week-end qu'auprès de lui je n'aurais besoin de personne d'autre. Tu adorerais sa maison ! Nous avons passé la journée à remettre la cuisine en état.

— Et tu étais contente ?

— Oui, fit simplement Sarah. J'avais seulement envie d'être avec lui.

M$^{me}$ Bourne dévisagea longuement sa fille.

— Il ne pense certainement pas à t'épouser, ma chérie.

— Je sais. Je m'en fiche. Il retournera aux Etats-Unis, mais tout peut arriver d'ici là. S'il ne m'appartient pas, même quelques jours, il me semble que je ne désirerai jamais aucun homme.

Contre toute attente, Betty ne s'offusqua pas de l'entendre énoncer si clairement son amour.

— Tu l'aimes. Tu risques de souffrir.

— Je ne crois pas. Il m'a amenée ici, non ?

— En effet. Mais tu ne sais pas ce qu'il avait en tête.

Sarah fixa sur sa mère un regard plein d'une farouche détermination, d'une volonté nouvelle.

— Je sais ce que j'ai en tête... Et j'irai jusqu'au bout. Demain...

— Tu ignores encore tout des hommes ! dit Betty en riant.

— James n'est pas « les hommes », répliqua-t-elle avec assurance.

Puis, plus incertaine, elle ajouta :

— Tu l'aimes bien, maman, n'est-ce pas ?

— Beaucoup, affirma Betty.


Sarah attendit qu'on ait sonné deux fois avant de répondre. Alors, de son pas léger et dansant, elle se dirigea vers la porte d'entrée, le visage radieux. Le spectacle qu'elle découvrit sur le seuil la stupéfia : James disparaissait sous un monceau de roses rouges.

— C'est... pour moi ? fit-elle d'une voix étranglée.

L'émotion la laissait désemparée.

— James ! Où avez-vous trouvé toutes ces roses à une heure pareille ?

— J'ai eu du mal, répondit-il avec une grimace comique. Je sais, je sais ! Pas de commentaire du genre : « Du champagne et six douzaines de roses, où voulez-vous en venir ? »

— Je me tais. Je suis vaincue.

— Très bien. Bon début. M'inviterez-vous à entrer ?

— Oh ! pardon... Bien sûr, balbutia-t-elle. Essayez-vous de me corrompre ?

Il affectait de prendre un air sévère mais ses yeux pétillaient de joie, ses lèvres retenaient un sourire. Il effleura la bouche de Sarah d'une caresse.

— Je vous fais la cour, Sarah Gilbert. Dans les formes !

— Mais je ne veux pas! s'exclama-t-elle. Je veux être conquise!

— Patience, ma belle, j'ai d'abord une chose à vous prouver.

— Quoi donc?

Refermant la porte derrière lui, il lui mit les six douzaines de roses dans les bras.

— Le lieu et l'heure sont mal choisis pour en parler. Après le petit déjeuner, nous retournerons au cottage. Nous y serons seuls toute la journée. Nous parlerons.

— Et la nuit?

— Nous verrons. Qu'en pensez-vous?

Décidément, il avait le don de quêter son accord quand il ne lui laissait en réalité aucune alternative. Elle le précéda vers la cuisine où s'activait Betty.

— Ciel! s'exclama celle-ci en voyant sa fille couverte de roses. En as-tu laissé dans le jardin?

— Celles-ci viennent de James. Figure-toi qu'il a décidé de me faire officiellement la cour. C'est pousser la plaisanterie un peu loin, non?

James embrassa Betty sur les deux joues.

— Ne faites pas attention à ce qu'elle raconte, lui glissa-t-il à l'oreille.

Complice, Betty prit son air le plus bourru et les fit asseoir à la table.

— Prenez votre petit déjeuner et puis disparaissez, tous les deux! J'ai promis à David que nous serions tranquilles ce week-end, lui et moi. Et j'entends tenir ma promesse. Il a été appelé cette nuit pour une jument qui mettait bas. Il n'est rentré qu'à deux heures du matin et je crois qu'il n'appréciera pas d'être réveillé par vos chamailleries.

Sarah fit un gentil clin d'œil à sa mère.

— Me permets-tu d'alléger quelque peu ton congélateur ? Il n'y a aucune provision au cottage.

— Prends ce que tu veux. Excepté la dinde ! Je la garde pour Noël.

Ils avalèrent de bon appétit les œufs au bacon. En hôte exemplaire, James dévorait tout ce que Betty mettait devant lui. Il reprit même un second bol de café.

— Délicieux ! fit-il.

— Le café aussi ? demanda M^me Bourne.

— Un de ces jours, je vous apprendrai à le préparer à la mode américaine. Mais le vôtre est le meilleur que j'aie bu en Angleterre.

Peu après, Betty s'éclipsa sous prétexte d'aller voir si David se réveillait. Elle embrassa James et Sarah avec la même chaleur et disparut.

— J'aime bien votre mère, dit James. Vous a-t-elle été de bon conseil cette nuit ?

— Mmmm... Elle prétend que vous ne m'auriez pas amenée ici si vous ne teniez pas à moi. Est-ce vrai ?

— Qu'en pensez-vous ?

— Je pense que, la prochaine fois, je refuserai de boire du champagne. Ainsi, je serai certaine de parvenir à mes fins avec vous...

— C'est ce genre de réflexion, petite fille, qui m'a fait croire à votre libertinage. Maintenant que je vous connais mieux...

— Vous ne me connaissez pas du tout !

— Je sais que, quand je vous touche, vous tremblez de désir, mon amour, et que vous ne ressemblez en rien à Jenny.

Soudain confuse, elle jugea le moment opportun pour aller visiter le congélateur. Elle y prit un rôti de bœuf, des côtelettes d'agneau, des légumes et des crêpes.

— Je suis prête !

James prit les provisions et se dirigea vers la voiture. Elle le suivit, balançant son petit sac de voyage. Sous son autre bras, les six douzaines de roses dont elle avait eu soin d'enrouler les tiges dans des chiffons mouillés. Elle était loin de se sentir aussi sûre d'elle qu'elle en avait l'air. James s'en doutait-il ?

— A quelle pièce nous attaquons-nous ?

— J'ai des projets plus intéressants pour aujourd'hui...

Il n'en dit pas davantage et, indifférent au regard interrogateur de Sarah, prit la route. Un mystérieux sourire flottait sur ses lèvres. Agacée, elle tourna la tête vers la vitre. Elle n'avait pas très envie de jouer aux devinettes ce matin.

— Mais... nous ne prenons pas la direction du cottage ! Où allons-nous ?

— D'abord à Cambridge.

— Ah bon...

L'idée de se rendre en ville ne lui souriait guère. Devait-elle essayer de le faire changer d'avis ?

— Pourquoi ? s'enquit-elle d'un ton boudeur.

— Vous ne descendrez pas de voiture si vous n'y tenez pas. Je fais une course rapide puis nous retournons au cottage.

Le parking n'avait rien de très hospitalier mais Sarah décida de prendre son mal en patience. En se garant, James avait prétendu qu'il irait plus vite sans elle.

En effet, il revint presque immédiatement.

— Qu'aviez-vous de si urgent à faire ?

— Vous verrez ! C'est une surprise.

Elle renonça à lui poser des questions.

— J'espère qu'il y a des vases chez vous. Il en faudra beaucoup pour les roses.

Elle trouva la maison comme ils l'avaient laissée la veille mais, curieusement, elle avait l'impression d'être partie depuis longtemps.

James avait préparé du bois dans la cheminée. Il l'alluma dès leur arrivée. Sarah le regarda glisser du papier journal sous les bûches, gratter une allumette...

— Que puis-je faire ? demanda-t-elle d'une toute petite voix.

— Disposer les roses dans les vases et ranger les provisions.

— Ah, oui... dit-elle, plus hésitante que jamais.

Elle dénicha des bocaux et des pots en terre qui pouvaient servir de vases. Puis elle mit le plus beau bouquet au salon et les autres dans la chambre. Quand elle redescendit, James avait tiré le divan près de la cheminée. Il invita Sarah à s'y asseoir près de lui.

— Je suis pardonné ? demanda-t-il en lui prenant les mains.

— Tout dépend pour quoi.

— Pour m'être montré idiot et effroyablement possessif.

— Oh !...

— Eh bien ?

— Mes amis ne sont que des amis.

— Je le sais, à présent, et je tâcherai de m'en souvenir. A l'avenir, rappelez-moi à l'ordre si je me conduis mal. Je n'ai jamais éprouvé pour

148

aucune femme ce que j'éprouve pour vous, Sarah Gilbert. Vous voir sourire à un autre homme m'est intolérable.

— Vous pourrez toujours avoir confiance en moi, murmura-t-elle.

James garda longtemps le silence.

— M'épouserez-vous, Sarah ?

Elle ouvrit les yeux, incrédule.

— Il est un peu tôt pour prendre ce genre de décision. Vous me connaissez depuis très peu de temps...

— Depuis assez longtemps pour rêver de vous avoir toujours entre mes bras !

— James... nous n'avons pas besoin de nous marier pour cela. Je vous préfère en bon amant qu'en mauvais mari. Je ne cherche pas à me faire épouser à tout prix.

— Vous ne comprenez pas. Si je ne vous épouse pas, je le regretterai toute ma vie. Je suis incapable de vivre sans vous.

— Vous n'avez même pas essayé !

— Si ! Pendant plus d'une semaine depuis le jour où Richard est entré chez vous. Je n'ai jamais été si malheureux. J'en étais arrivé au point d'accepter de vous partager avec tous les autres plutôt que d'être privé de vous. Je vous aime, Sarah.

Etourdie de bonheur, elle laissa aller sa tête contre l'épaule de son compagnon.

— Moi aussi, je vous aime. J'avais une envie folle d'aller en Hollande avec vous...

Une caresse brûlante sur son cou la fit taire. Comprenant que les mots ne servaient plus à rien, elle lui offrit sa bouche et gémit de plaisir lorsqu'il s'en empara. Tous deux tremblaient dans leur hâte de se donner.

Bien plus tard, James sortit de sa poche un petit écrin de velours.

— Voilà ce que j'avais à prendre à Cambridge.

Sur un coussin de soie blanche, la plus grosse émeraude que Sarah ait jamais vue étincelait.

— Assortie à tes yeux. Sarah, tu acceptes de m'épouser, n'est-ce pas ?

Incapable de prononcer une seule parole, elle hocha la tête et le laissa glisser la bague à son doigt.

— Réponds-moi, Sarah ! Tout de suite !

— Oui, je t'épouse. Ce n'est même pas que je ne puis vivre sans toi puisque tu es la vie même. Et je t'aime bien plus que je ne saurai jamais te le dire.

Il la serra si fort qu'elle comprit que, jusqu'à cet instant, il avait douté de sa réponse.

— Je t'aime, je t'aime, je t'aime.

Les yeux clos, elle répétait ces mots délicieux et magiques, cette phrase inventée tout exprès pour elle et pour lui.

— Dans vingt ans, dans cinquante ans, nous connaîtrons pleinement le sens du mot amour, fit gaiement James. Il me semble que je ne m'y habituerai jamais, pas plus que je ne m'habituerai à t'avoir près de moi.

Sarah revint tout à coup à la réalité.

— Et ma carrière ? s'inquiéta-t-elle. J'ai travaillé durement pour me faire un nom dans ma profession...

— Que dirais-tu d'ouvrir un bureau à Boston... Etats-Unis ? Avec deux ou trois assistants

150

pour te remplacer quand je te voudrai pour moi
seul ?

— Très bonne idée !

Des mois plus tard, ils retrouvèrent le cottage.

Sarah avait découvert la Boston américaine.
Elle était tombée amoureuse des Etats-Unis
aussi vite que de son mari.

Ils s'étaient rendus plusieurs fois en Hollande
où James travaillait. Les musées d'Amsterdam
n'avaient plus de secrets pour la jeune femme.

Mais c'était le mariage qui, pour elle, avait été
la plus extraordinaire des révélations. A tous les
points de vue. James était passionné, possessif,
dominateur parfois, mais il savait aussi être le
compagnon dont elle avait rêvé. Elle s'éveillait
chaque matin plus amoureuse que la veille,
éblouie de découvrir que le plus ardent des
amants était aussi un véritable ami.

— Je serai tout pour toi, lui avait-il promis.
Auprès de moi, tu connaîtras un perpétuel
bonheur.

— Mmm... avait-elle murmuré, moqueuse. Tu
dis cela pour que je ne regrette pas mes amis ?

— Pas seulement, avait-il répondu en riant
avec elle. Quand tu n'es pas là, je ne vis qu'à
moitié...

Le cottage était métamorphosé. En leur
absence, une entreprise de décoration avait
effectué tous les travaux. Les murs repeints, le
chauffage central installé, les meubles restaurés
faisaient de la maison un authentique joyau.

— Heureuse d'être de retour ? demanda
James en attirant sa femme devant la cheminée.

— J'aime aussi ton pays. C'est incroyable

comme ma vieille Boston me paraît maintenant désuète et abandonnée. Quand on pense qu'elle a été l'un des ports les plus importants d'Europe... Aujourd'hui, plus personne n'y vient.

— Tu oublies les touristes américains à la recherche de leurs ancêtres !

— Et les Australiens ! Je me demande d'ailleurs si je ne devrais pas ouvrir un bureau là-bas, en Australie...

Grâce au personnel soigneusement choisi par James, la petite entreprise de la jeune femme prospérait en Europe et aux Etats-Unis.

— Nous en parlerons plus tard, répondit James.

— Pourquoi pas maintenant ?

— Parce que je pense à tout autre chose...

— A quoi ?

— Devine. Mais, d'abord, monte prendre un bain pour que j'aie le temps de mettre le champagne au freezer. Ensuite, nous reprendrons la scène là où nous l'avons interrompue un certain soir d'automne...

Mais Sarah ne lui obéit pas. Elle préféra se lover dans ses bras. Le sourire de James s'évanouit instantanément pour faire place à la plus extrême gravité. Ses yeux couleur de nuit brillaient de l'intensité d'un désir qu'elle avait appris à reconnaître.

Un frisson familier la parcourut tandis qu'une main amoureuse glissait sur la peau nue de son dos.

— Je t'aime, Sarah, chuchota James, la voix rauque.

Le feu crépitait tout près, mais la chaleur des

flammes n'était rien comparée à celle qu'ils se communiquaient l'un l'autre.

— Oh! James... aime-moi, aime-moi... autant que je t'aime.

Bientôt, leurs corps nus enlacés ne firent plus qu'un.

— Je n'ai pas besoin de champagne pour être ivre! s'écria Sarah longtemps après cet instant.

Elle rit. Et, dans son rire, il y avait toute la joie du monde.

*Chère Lectrice,*

*Duo s'apprête à fêter l'été avec vous.*
*Vous ne trouverez pas le mois prochain les livres*
*de la Série Romance que vous aimez. Ne vous*
*étonnez pas. Duo vous prépare un très beau cadeau*
*pour le mois de juin.*
*Merci d'être fidèle à Duo et rendez-vous à l'été!*

### Duo

*Série Romance*

249       **DIXIE BROWNING**

# Clair de lune aux Caraïbes

Lorsque Harvey Smith, le richissime homme d'affaires,
demande à Maud de rester à Rougemont, cette propriété
qu'elle aime par-dessus tout, pour lui servir d'intendante,
elle accepte avec enthousiasme, inconsciente
des risques auxquels elle s'expose.

251       **VICTORIA GLENN**

# De toute éternité

Un baiser passionné sous le gui, il n'en faut pas plus
pour émouvoir Cassandra. Matthew Reiss, le célèbre
avocat de Beverley Hills l'a ensorcelée.
Pourtant, malgré la complicité qui d'emblée les
rapproche, Matthew n'est pas prêt à tomber amoureux.
Il y va de sa réputation de play-boy!

# Ce mois-ci

## Duo Série Harmonie

## Duo Série Désir

## Duo Série Amour

Achevé d'imprimer sur les presses de l'Imprimerie Bussière
à Saint-Amand-Montrond (Cher)
le 25 mars 1985. ISBN : 2-277-80250-6. ISSN : 0290-5272
N° 123. Dépôt légal mars 1985. Imprimé en France

**Collections Duo**
**27, rue Cassette    75006 Paris**
*diffusion France et étranger : Flammarion*